Sehen · Staunen · Wissen

PIRATEN

Dreispitz
(Theaterrequisit)

Spanische
Gold-Dublonen und eine
Silbermünze
(„Stück von
Achten“)

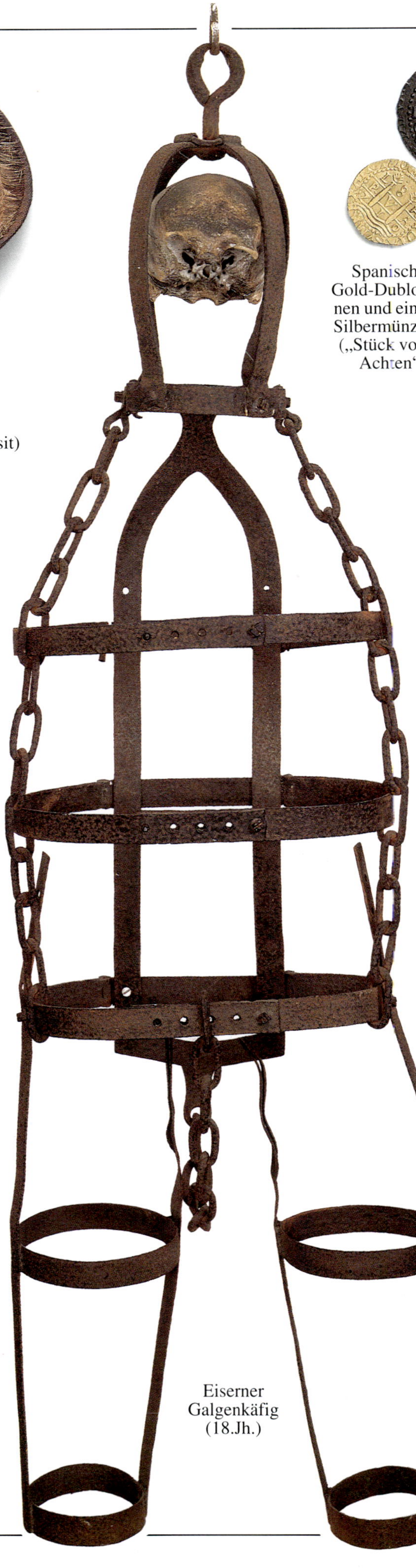

Eiserner
Galgenkäfig
(18.Jh.)

Fernrohr aus
Papier und
Pergament
(spätes 17.Jh.)

Schwert eines
algerischen Korsaren
(17.Jh.)

Ring mit Totenkopfmotiv

Sehen · Staunen · Wissen

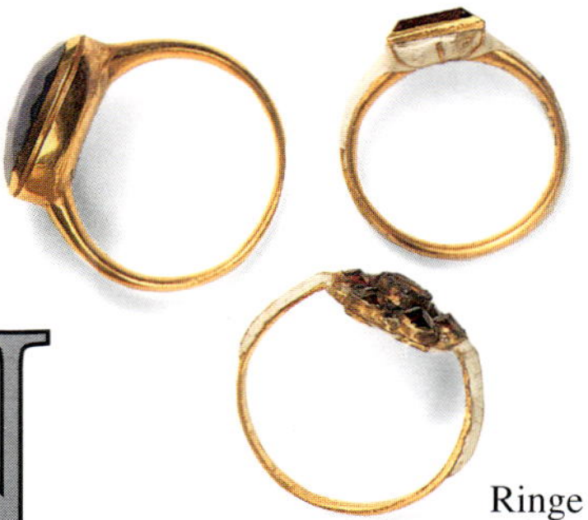

Ringe aus einer Piratenbeute

PIRATEN

Von Kaperkapitänen, Bukaniern, Korsaren, Barbaresken und anderen Seeräubern

Text von Richard Platt
Fotos von Tina Chambers

Schaluppe (bevorzugter Schiffstyp der Piraten der Karibik)

Pulverflasche mit Malteserkreuz

Seemannskompass mit Elfenbeinetui

Gerstenberg Verlag

Mantel eines „Edelpiraten“

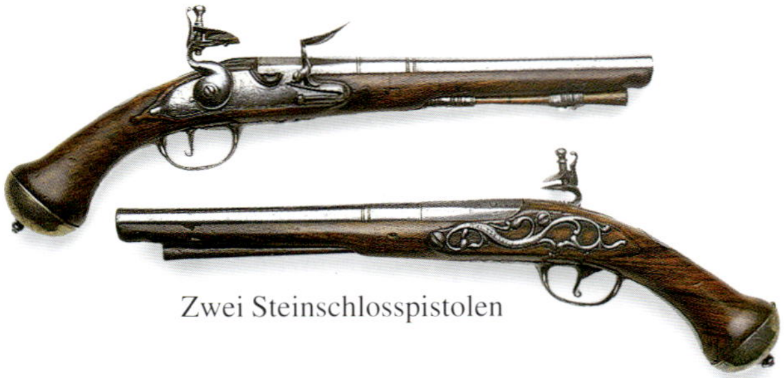

Zwei Steinschlosspistolen

Bukanier-Entermesser (17.Jh.)

Die Deutsche Bibliothek – CIP-Einheitsaufnahme

Piraten : von Kaperkapitänen, Bukaniern, Korsaren, Barbaresken und anderen Seeräubern / Text von Richard Platt. Fotos von Tina Chambers. [Aus dem Engl. übers. von Christina Hartkamp. Red. Bearb. der dt.-sprachigen Ausg.: Margot Wilhelmi]. –
3. Aufl. – Hildesheim : Gerstenberg, 1997
(Sehen, Staunen, Wissen)
Einheitssacht.: Pirate <dt.>
ISBN 3-8067-4473-4
NE: Platt, Richard; Chambers, Tina; Hartkamp, Christina [Übers.]; Wilhelmi, Margot [Bearb.]; EST

3. Auflage 1997
Ein Dorling-Kindersley-Buch
Originaltitel: Eyewitness Guides: Pirate

Lektorat: Bridget Hopkinson, Simon Adams
Recherche: Céline Carez
Fachliche Beratung: David Cordingly
Layout und Gestaltung: Ann Cannings, Julia Harris
Herstellung: Catherine Semark
Bildredaktion: Giselle Harvey

Gesetzt nach den ab 1998 gültigen Rechtschreibregeln

Aus dem Englischen übersetzt von Christina Hartkamp
Redaktionelle Bearbeitung der deutschsprachigen Ausgabe:
Margot Wilhelmi, Sulingen

Satz: Gerstenberg Druck GmbH, Hildesheim
Printed in Singapore
ISBN 3-8067-4473-4

Astronomisches Navigationsgerät

Juwelen aus einem Piratenschatz

Inhalt

Schatzkiste aus Frankreich (17. Jh.)

Schrecken der Meere

DRAUFGÄNGER
Der walisische Pirat Howell Davis, der um 1719 vor der Küste Guineas Schiffe kaperte, war bekannt für seine Kühnheit und Hinterlist – ein Pirat wie aus dem Bilderbuch.

Verwegene Gestalten, die Schiffe überfallen und mit Schätzen beladen heimkehren; gnadenlose Seeräuber; kühne Abenteurer und Weltumsegler – die Piraten waren all das und noch viel mehr. Das Wort „Pirat“ stammt aus dem Griechischen und bedeutet „Seeräuber“. Die Seeräuberei hatte jedoch ganz unterschiedliche Ausprägungen: „Kaperkapitäne“ verfügten über eine offizielle Genehmigung (Kaperbrief) zum Aufbringen feindlicher Schiffe. Diesen Status bezeichnet auch das Wort „Freibeuter“, das wir heute aber meist gleichbedeutend mit Pirat verwenden. „Bukanier“ nannte man die westindischen Seeräuber des 17. Jahrhunderts, „Korsaren“ hießen die Kaperer in Frankreich und im Mittelmeerraum. Nach Bartholomew Roberts (S.39) hatten sie alle eines gemeinsam – sie wurden getrieben von der Gier nach unermesslichen Schätzen, Freiheit und Macht.

LOHNENDES ZIEL
Die Ostindienfahrer – Schiffsflotten, die zwischen Europa und Asien verkehrten – waren für Piraten verlockend, aber gut gesichert. In früheren Zeiten war es der Traum vieler Piraten, eine spanische Galeone mit Schätzen aus Amerika zu überfallen.

Reiche Ostindiengesellschaften verkleideten das Heck ihrer Handelsschiffe mit Gold.

LEINWANDPIRATEN
In Hollywoodfilmen sind die Grenzen zwischen Dichtung und Wahrheit oft fließend. In *Kampf um den Piratenschatz* (1952) wird Blackbeard von Henry Morgan verfolgt, der eigentlich viel früher gelebt hat.

REICHTÜMER
Diese Illustration aus *Die Schatzinsel* von R. L. Stevenson (S.60) zeigt die Helden beim Verladen eines Piratenschatzes. Über Piraten gibt es die abenteuerlichsten Geschichten. Manche wurden tatsächlich durch riesige Schätze über Nacht steinreich, oft aber auch gleich wieder arm, da sie die Beute ebenso schnell ausgaben, wie sie sie erworben hatten.

Die Kanone kann dank der Zapfenaufhängung auf und ab geschwenkt werden.

Richtkeil zur Regulierung der Schusshöhe

HARTES BROT

Im 17./18.Jh. war das Leben auf See hart und gefährlich. Wie Poor Jack („der arme Jakob") in diesem Gedicht kehrten viele nicht heim. Oft presste man Seeleute zum Dienst auf Kriegsschiffen, wo strenge Disziplin und katastrophale Zustände herrschten. Verglichen damit bedeutete das Piratenleben Freiheit und leicht verdientes Geld und nicht selten wurden aus ehemals ehrbaren Seeleuten Piraten.

Abschied eines Seemanns – vielleicht für immer

PHANTASIE-GESTALTEN

Piraten haben immer wieder die Phantasie von Malern und Schriftstellern beflügelt. Der amerikanische Illustrator Howard Pyle stellte die Freibeuter des 17.Jh.s farbenfroh und lebensecht dar. Dieses Bild zeigt einen stolzen Piratenkapitän.

Am Ring des Enterhakens war ein Seil befestigt.

AUS EUROPÄISCHER SICHT

Dieses Bild zeigt wilde Barbaresken (Piraten von der Berberküste) beim Angriff auf eine hilflose englische Besatzung. Während die Europäer die Barbaresken als brutale, heidnische Piraten ansahen, galten sie in Nordafrika als rechtmäßige Freibeuter.

ANGST UND SCHRECKEN

Piraten waren bekannt für ihre Grausamkeit. Einige verhielten sich diesem Ruf entsprechend, da sie wussten, dass Angst vor Folter oder Tod ihre Opfer von jedem Widerstand abhielt. Besondere Brutalität sagte man den Bukaniern nach.

TEUFELSKERL

Piratengeschichten wie die in *The Pirates' Own Book* von Charles Ellms (S.61) schürten die abergläubische Furcht, die das Wort Pirat auslöst. Auf dieser Illustration aus Ellms' Buch bietet ein tollkühner Piratenkapitän dem Teufel ein Büschel seiner Haare für einen günstigen Wind.

Kanone des französischen Korsaren René Duguay-Trouin (18.Jh.)

SIGNAL

Ein Kanonenschuss galt als Aufforderung Flagge zu zeigen. Sonst wurde man als Feind behandelt. Piraten täuschten ihre Opfer häufig durch Hissen einer falschen Flagge.

ENTERTRICK

Konnten die Piraten ein Schiff nicht durch Einschüchterung und Demonstration von Stärke zur Aufgabe zwingen, zogen sie es mit einem in die Takelage geworfenen Enterhaken näher heran und enterten es.

Die spitzen Widerhaken verfingen sich in der Takelage des anderen Schiffs.

Piraten im alten Griechenland

Entlang den Küsten des Mittelmeers und der Ägäis entstanden einige der großartigsten Kulturen der Welt. Diese Gewässer wurden aber auch von Seeräubern heimgesucht. Die Ägäis im Zentrum der griechischen Welt bot den *peirates* ideale Bedingungen. Sie versteckten sich in den zahllosen Grotten und Buchten der zerklüfteten Küste und der vielen kleinen Inseln und überfielen vorbeifahrende Handelsschiffe. Da die Schiffe damals immer in Küstennähe segelten und das offene Meer mieden, hatten die Piraten leichtes Spiel. Wenn sie nur lange genug an einer befahrenen Handelsroute lauerten, segelte manch lohnendes Objekt vorbei. Die Piraten griffen auch Dörfer an und entführten Menschen, die sie als Sklaven verkauften oder nur gegen Lösegeld wieder freiließen. Als die griechischen Stadtstaaten mächtiger wurden, stellten sie Flotten zur Bekämpfung der Seeräuber auf.

PIRATENANGRIFF
Als diese Schale vor 2500 Jahren bemalt wurde, waren Piratenangriffe in der Ägäis an der Tagesordnung. Krieg und Piraterie lagen dicht beieinander. Später, als die Stadtstaaten gegen Seeräuber vorgingen, tarnten diese ihre Angriffe als Racheakte: Sie behaupteten, sie nähmen Rache für Unrecht, das Familienangehörigen zugefügt worden sei.

Schwerfälliges Handelsschiff unter vollen Segeln

Schnelle, wendige Piratengaleere

Der Rammsporn der Piratengaleere bohrt sich in die Seite des Handelsschiffs.

Trinkschale (Athen, 6.Jh.v.Chr.)

ASSYRISCHE GALEERE
Die Assyrer, die im heutigen Irak lebten, bekämpften Piraten wahrscheinlich in solchen Schiffen im Mittelmeer. Wie ihre Schiffe wirklich aussahen, weiß man jedoch nicht genau.

DIE PHÖNIZIER SCHLAGEN ZURÜCK
Im 7./6.Jh.v.Chr. trieben die Phönizier im gesamten Mittelmeerraum von Tyros und Sidon (im heutigen Libanon) aus einen blühenden Handel mit Luxusgütern wie Silber, Zinn, Kupfer und Bernstein. Da die griechischen Piraten eine ernste Bedrohung für sie darstellten, begleiteten manchmal Kriegsschiffe, wie das auf der phönizischen Münze (rechts), die Handelsschiffe.

GRIECHISCHES PIRATENSCHIFF
Auf diesem Foto sieht man die Nachbildung einer griechischen Piratengaleere. Piraten bauten keine eigenen Schiffe, sondern nahmen sich, was vor Ort verfügbar war. Sie bevorzugten leicht manövrierbare, schnelle, flache Galeeren. In ihnen konnten sie Verfolgern selbst über Riffe hinweg entkommen.

Silber-Schekel aus der phönizischen Stadt Tyros

SILBERSCHATZ
Mit Luxusgütern beladene phönizische Schiffe waren für die Piraten ein gefundenes Fressen. Wenn sie Glück hatten, erbeuteten sie Silber aus Spanien, aus dem man solche phönizischen Münzen herstellte.

SAGENHAFTE PIRATEN
Eine griechische Sage erzählt, dass eine Gruppe törichter Piraten Dionysos, den Gott des Weins, gefangen nahm, um ein Lösegeld für ihn zu erpressen. Der Gott aber verwandelte sich in einen Löwen und die erschrockenen Piraten sprangen ins Meer. Zur Strafe verwandelte Dionysos sie in Delphine, was auf diesem Mosaik dargestellt ist. Die gleiche Sage kannten die Römer, nur heißt der Gott hier Bacchus.

Sanheribs Gesicht wurde mutwillig zerstört.

SANHERIBS SIEG ÜBER DIE PIRATEN
694 v.Chr. führte Sanherib (704–681 v.Chr., oben) Krieg gegen chaldäische Seeräuber, die sich in sein Königreich an die Küste von Elam im nördlichen Teil des Persischen Golfs geflüchtet hatten. Sein Feldzug beendete die Bedrohung durch die Piraten.

ALEXANDER DER GROSSE
Alexander der Große (356–323 v.Chr.) befahl 331 v.Chr. die Meere von Piraten zu säubern. Er soll einmal einen gefangenen Piraten gefragt haben, warum er die Meere unsicher gemacht habe. Der Pirat soll geantwortet haben: „Aus dem gleichen Grund, aus dem du die ganze Welt belästigst. Aber da ich es in einem kleinen Schiff mache, nennt man mich einen Piraten. Weil du es mit einer großen Flotte tust, nennt man dich einen Imperator."

HANDELSSCHIFF AUS DEM MITTELMEER
Altgriechische Handelsschiffe waren mit ihrem großen Rahsegel auf günstige Winde angewiesen. Sie waren daher den schlanken, schnellen, rudergetriebenen Galeeren der Piraten unterlegen.

Terrakotta-Modell eines Handelsschiffs (6.Jh.v.Chr.)

Der breite, bauchige Schiffsrumpf bietet viel Lagerraum.

Seeräuber im Römerreich

Segle in den Hafen und lade ab, deine Ware ist schon verkauft!“ Diese Worte im Hafen von Delos lockten Handelsschiffe – und Piraten – an. Der 166 v.Chr. von den Römern zum Freihafen erklärte Hafen erlebte damals eine wirtschaftliche Blüte. Hier verkauften Piraten Sklaven und gestohlene Ladung an reiche Römer, die keine Fragen stellten. Im 1. Jahrhundert v.Chr. aber wurden Seeräuber immer mehr zu einer Gefahr für den Handel im Mittelmeer. Als sie schließlich die Kornflotten überfielen, die Rom mit Nahrung versorgten, forderte das Volk Gegenmaßnahmen. 67 v.Chr. machte Gnaeus Pompejus mit einer großen Flotte Jagd auf die Seeräuber und schlug sie vernichtend, während die römische Armee ihre Standorte an Land vernichtete. Dieser Seeräuberkrieg löste das Problem vorerst, aber die Piraten blieben eine Bedrohung.

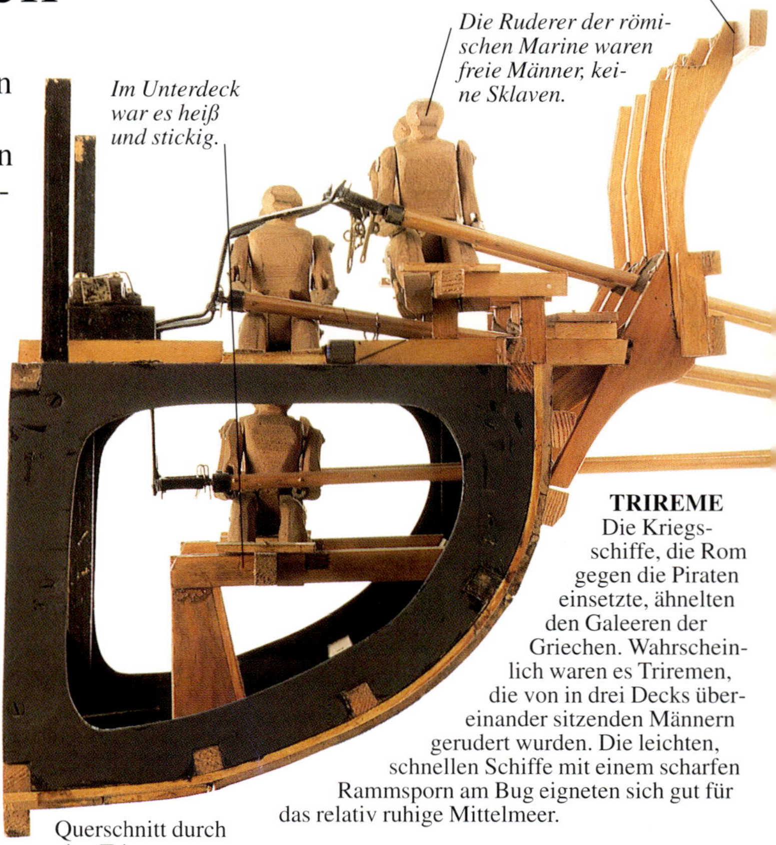

Querschnitt durch eine Trireme

TRIREME
Die Kriegsschiffe, die Rom gegen die Piraten einsetzte, ähnelten den Galeeren der Griechen. Wahrscheinlich waren es Triremen, die von in drei Decks übereinander sitzenden Männern gerudert wurden. Die leichten, schnellen Schiffe mit einem scharfen Rammsporn am Bug eigneten sich gut für das relativ ruhige Mittelmeer.

Silber-Denar mit einem Porträt Cäsars

MENSCHENRAUB
Um 75 v.Chr. überfielen Piraten den jungen Julius Cäsar (102–44 v.Chr.) auf einer Reise nach Rhodos. Sie hielten ihn mehr als fünf Wochen auf einem ionischen Inselchen gefangen, bis das Lösegeld eintraf. Nach seiner Freilassung rächte sich Cäsar: Er spürte die Piraten auf und ließ sie kreuzigen.

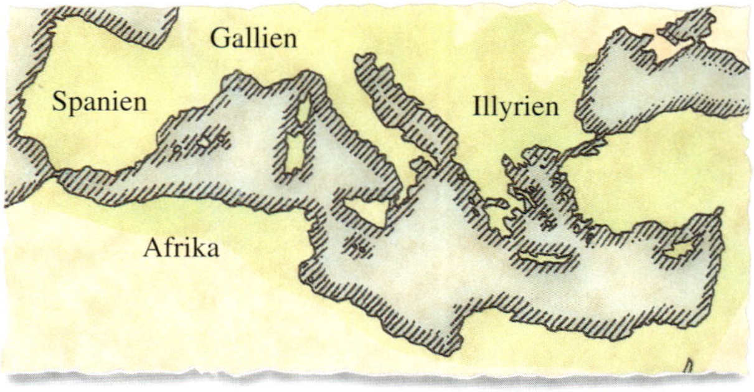

RÖMISCHES REICH
Auf dem Höhepunkt seiner Macht erstreckte sich das Römerreich über den gesamten Mittelmeerraum.

Möglicherweise enthielt der Laderaum dieser corbita *Luxusgüter.*

LEICHT ZU ENTERN
Die Lastschiffe, in denen die Römer Getreide transportierten, waren meist bauchige *corbitae.* Die langsamen, schwer beladenen Schiffe waren auf ihrer Route von Alexandria und Karthago nach Ostia, dem Hafen Roms, eine leichte Beute für die Seeräuber.

GUTER WEIZEN
Piraten, die ein römisches Getreideschiff plünderten, erbeuteten z.B. eine Ladung Emmer (oben), eine Weizenart der Antike. Solches Gut erzielte auf dem Markt gute Preise.

ABTRÜNNIGER RÖMER

Sextus Pompejus (67–36 v.Chr.), Sohn des „Piratenjägers" Gnaeus Pompejus, wurde Pirat, um seinen politischen Rivalen Oktavian besser bekämpfen zu können. Bis er 36 v.Chr. von Oktavian besiegt wurde, kaperte er von Sizilien aus Schiffe und schnitt die italienische Küste von der Versorgung ab.

MAGISCHES AUGE

Wie die griechischen bevorzugten auch die römischen Seeräuber schnelle, wendige Galeeren. Der Bug der Galeere auf diesem römischen Fresko ist mit einem Auge bemalt, das helfen soll, den Weg zu finden. Das Auge als Glücksbringer hat wahrscheinlich seinen Ursprung in Ägypten.

Die mit langen Rudern angetriebene Trireme erreichte hohe Geschwindigkeiten.

ALTBEWÄHRT

Die Römer waren kein Seefahrervolk wie die Griechen, die wegen ihrer vielen Inseln zum Schiffsverkehr gezwungen waren. Die römischen Schiffsbauer ließen sich daher beim Bau der Kriegsgaleeren für den Piratenkrieg der römischen Marine (rechts) kaum Neuerungen einfallen. Sie griffen einfach auf bewährte alte Modelle zurück.

Im Laderaum eines Schiffs konnten viele solcher Amphoren verstaut werden.

Am Henkel konnte man den Krug gut tragen.

PRÄCHTIGE AMPHOREN

Die römischen Lastschiffe boten eine Vielfalt an Beutegütern, u.a. ganze Schiffsladungen mit gutem Wein und Olivenöl in solchen irdenen Krügen (Amphoren).

PERSISCHER PIRATENJÄGER

Nach den Piratenkriegen war das Mittelmeer relativ sicher, nicht so dagegen der Persische Golf. Dort führte König Schapur von Persien (309–379 n.Chr.) einen erbarmungslosen Krieg gegen die Piraten, auf den sein Beiname Zulaklaf („Herr der Schultern") zurückgeht. Er soll die Schultern gefangener Piraten durchbohrt und die Männer so, wie Perlen an einer Schnur aufgereiht, gehängt haben.

Wilde Nordmänner

Ein Wikingerschiff am Horizont rief bei der Bevölkerung Nordeuropas Angst und Schrecken hervor. Die Wikingerpiraten überfielen nicht nur Schiffe auf See, sie drangen auch auf Flüssen mordend und plündernd bis tief ins Landesinnere vor. Schon im Altertum lebten die Küstenstämme von Überfällen auf vorbeifahrende Handelsschiffe. Als sie sich dann auf das offene Meer hinauswagten, lag es nahe, dass sie die nicht allzu fernen fremden Küsten plünderten. Wikingerschiffe befuhren die Nordsee auf der Suche nach vielversprechenden Opfern. Wo immer sie auftauchten, verbreiteten sie Furcht und begingen Gräueltaten. Die Wikinger waren nicht die ersten Räuber des Nordens und nicht die letzten. Solange Handelsschiffe kostbare Ladung transportierten, waren auch Seeräuber nicht fern.

Wikinger-Pfeilspitzen

Die Silberverzierung zeigt, dass diese Axt ein Prestige- und Machtsymbol war.

STREITAXT
Bevorzugte Waffe der Wikinger war die Axt. Ein erfahrener Krieger konnte mit einem einzigen Schlag der großen, beidhändig geführten Breitaxt einen Mann töten. Für Kämpfe auf See verwendeten die Wikinger eine mittelgroße Axt, die beim Entern besser zu handhaben war.

Geometrische Muster aus eingelegtem Kupfer und Silber

SÄCHSISCHE BEDROHUNG
500 Jahre vor den Wikingern suchten sächsische Piraten aus der Ostsee die nordeuropäischen Küsten heim. Sie zwangen die Römer ihre Flotten in England zu verstärken und die Ostküste zu sichern. Sächsische Schiffe (oben) waren flach und konnten so zu Überraschungsangriffen auch seichte Gewässer befahren.

DER SCHWARZE MÖNCH
Von dem Piraten Eustace (13.Jh.), einem abtrünnigen Mönch, erzählte man sich, er sei mit dem Teufel im Bunde und könne sein Schiff unsichtbar machen. Als er aber als Führer einer Invasionsflotte gegen England gefangen genommen und enthauptet wurde, half ihm keine Magie.

AUG' IN AUG'
Erfolg im Kampf brachte einem Wikinger höchste Ehre ein. Mit wildem Augenrollen und lautem Brüllen schüchterten die bärtigen Gesellen ihre Opfer ein und im Kampf kannten sie kein Pardon. Dieser Wikingerkopf zierte einst einen Wagen.

SPEERFÄNGER
Wikinger konnten Speere im Flug auffangen und sofort zurückschleudern.

Steuerruder

BREITSCHWERT
Wikinger griffen mit scharfen Breitschwertern an.

Der Griff aus Holz oder Bein ist verrottet.

Löwe in windabgewandter Richtung

WETTERLÖWE

Die Wikinger waren hervorragende Seeleute und Navigatoren. Diese am Schiffsbug befestigte goldene Wetterfahne zeigte, woher der Wind wehte. Beim Überqueren der offenen See orientierte man sich nach Sonne und Sternen.

Das Gold glitzerte eindrucksvoll in der Sonne.

KOPF AB

Dieses Flugblatt aus dem Jahr 1573 zeigt die Hinrichtung von 34 Seeräubern in Hamburg. Der Text besagt, dass der Scharfrichter nur 45 Minuten benötigte, um allen die Köpfe abzuschlagen, und dass er auch die im Kampf getöteten Piraten enthauptete. Nebeneinander aufgespießt und ausgestellt, sollten die abgeschlagenen Köpfe als Abschreckung dienen.

„STÜRZ DEN BECHER"

Störtebeker (links) war im 14.Jh. der Schrecken der Ostsee. Wollte jemand in seine Mannschaft aufgenommen werden, musste er wie der Kapitän einen riesigen Becher in einem Zug leeren (daher dessen Name). Als man Störtebeker schließlich gefangen nahm, soll ein Mast seines Schiffs *Seewolf* mit Gold gefüllt gewesen sein.

DRACHENSCHIFF

Die Wikinger waren meisterhafte Schiffsbauer. Ihre späteren Boote waren durch Kiele verstärkt, was ein Auseinanderbrechen bei starkem Seegang verhinderte und sie hochseetüchtig machte. Die Langschiffe waren leicht, schnell und gut zu manövrieren. Die flachkieligen Kampfschiffe konnten fast überall landen. Dies alles waren gute Voraussetzungen für verheerende Angriffe: Wie aus dem Nichts tauchten die Kampfschiffe auf und Wikinger stürmten mit wildem Gebrüll landeinwärts.

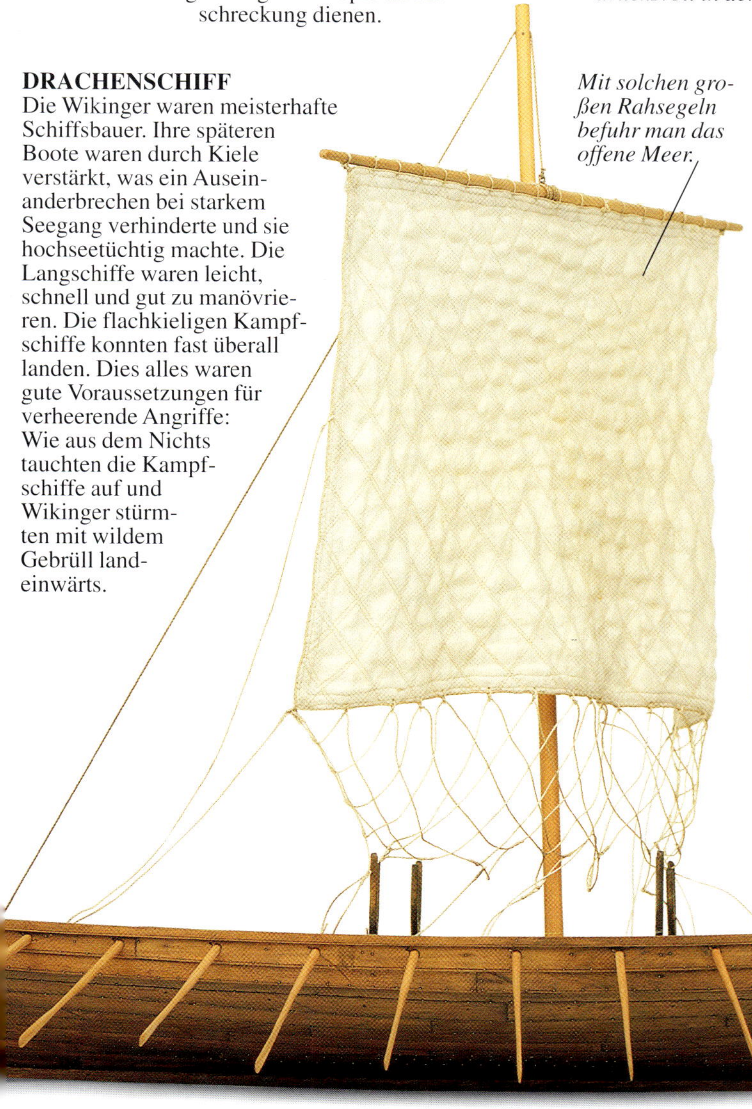

Mit solchen großen Rahsegeln befuhr man das offene Meer.

AUF WIKINGERFAHRT

Bug und Heck der Wikinger-Langschiffe waren oft mit Drachenköpfen verziert (daher der Name „Drachenschiffe"). Ihre Besatzung bestand aus 40 bis 80 Kriegern. Prunkvolle Schilde an den Schiffsseiten flößten Gegnern zusätzlich Furcht ein.

Schlangenkopf am Bug

Kiel

Ruder zum Manövrieren in seichten Gewässern und Flüssen

Die Barbaresken

Die europäischen Kreuzfahrer bezeichneten ihre muslimischen Gegenspieler als „Barbaren“ (von lat. *barbarus*: Rohling, Unmensch) und nannten die islamischen Seeräuber Nordwestafrikas entsprechend „Barbaresken“. Von der Berberküste (zwischen Tunis und Tripolis) aus begannen diese Seeräuber zur Zeit der Kreuzzüge, des „heiligen Kriegs“ zwischen Christen und Muslimen ab Ende des 11. Jahrhunderts, mit Übergriffen auf christliche Schiffe. In ihren schnellen Galeeren attackierten die Barbaresken Handelsschiffe aus Italien in der Hoffnung Sklaven zu erbeuten. Wenn sie ein christliches Schiff enterten, raubten sie der Besatzung ihre Kleidung und sämtlichen Besitz und zwangen sie dann an die Ruder des Piratenschiffs. So nahmen sie Kurs auf Afrika, wo die Gefangenen ein Leben als Sklaven erwartete. In wilden Kämpfen rammten die Barbaresken Schiffe auf dem Weg zu den Kreuzzügen und nahmen wohlhabende Kreuzritter gefangen. Die bekanntesten unter ihnen waren überall im christlichen Abendland gefürchtet. In der islamischen Welt aber machten ihre Taten sie zu Helden.

Nordafrikanische Küste (Berberküste), Heimat der ersten Barbaresken

DIE BERBERKÜSTE
Im 7.Jh. eroberten die Araber Nordafrika. Die Brüder Barbarossa wehrten im 16.Jh. die Spanier ab und unterstellten sich dem türkischen Sultan. Fortan stand ein *Bei* an der Spitze jedes Stadtstaates. Auf dieser Karte sind die christlichen Gebiete grün, die islamisch-osmanischen beige markiert.

DIE BRÜDER BARBAROSSA
Wegen ihrer roten Bärte gab man Horuk und Cheireddin, den wohl bekanntesten Barbaresken, den Spitznamen Barbarossa. Horuk fiel 1518 im Kampf gegen die Spanier, aber sein Bruder leistete so erfolgreich Widerstand gegen sie, dass er 1530 Herrscher über Algier wurde. Als er 1546 starb, genoss er selbst bei seinen Feinden hohes Ansehen.

SEESCHLACHT
Die Barbaresken ließen ihre Schiffe von Sklaven rudern. Im Kampf setzten sie allerdings islamische Janitscharen ein – speziell ausgebildete, hoch disziplinierte Berufskämpfer. Wollte man ein Schiff angreifen, näherte man sich längsseits und mindestens 100 Janitscharen enterten und überwältigten ihre christlichen Opfer. Diese Methode der Barbaresken war so wirkungsvoll, dass die christlichen Schiffe dagegen kaum eine Chance hatten.

Die schnittigen Galeeren erreichten auf kurzen Strecken eine Geschwindigkeit von 9 Knoten (etwa 16 km/h).

ÜBERLÄUFER
Sir Francis Verney (links) war einer von mehreren Europäern, die sich den Barbaresken anschlossen. Diese nahmen die christlichen Überläufer wegen ihrer seemännischen Fähigkeiten gern auf. Die Abtrünnigen zahlten Abgaben an die Barbareskenführer und nahmen manchmal sogar den islamischen Glauben ihrer neuen Herren an.

Reich bestickter Hut von Sir Francis Verney

Solche Plüschmäntel wurden alltags getragen.

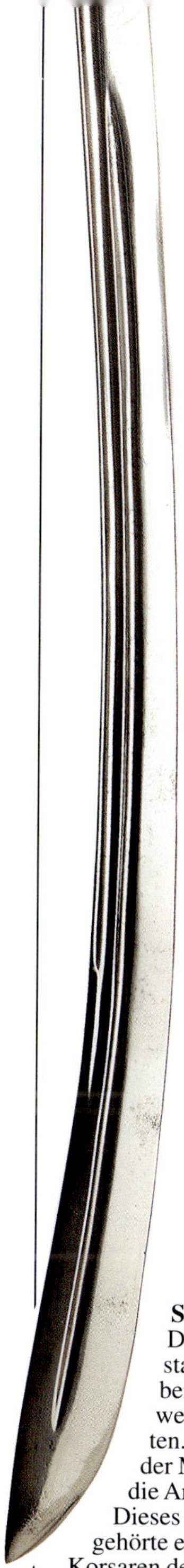

UM DIE FREIHEIT FEILSCHEN
Hier verhandeln Malteser-Unterhändler mit Piraten über die Freilassung christlicher Gefangener gegen Lösegeld (rechts). Im Laufe der Jahrhunderte gab es unzählige solcher Missionen an der Berberküste. Später trafen Staaten zur Sicherheit ihrer Bevölkerung Abkommen mit den Barbareskenstaaten.

GRAUSAME METHODEN
Um Opposition gegen die Barbaresken zu schüren, schilderten europäische Schriftsteller die Folterqualen christlicher Gefangener. Die Christen behandelten ihre islamischen Gefangenen jedoch nicht weniger grausam.

Seitenansicht einer Galeere

Ein Ruder wurde von bis zu sechs Sklaven bedient.

Heckansicht einer Mittelmeergaleere

Goldfiguren verschönern das Heck.

Ein einzelnes Geschütz nützte meist nicht viel.

Damit das Schiff schnell fuhr, mussten Sklaven den Schiffsrumpf sauber schaben und wachsen.

Leichte Pantoffeln waren angemessenes Schuhwerk für Verneys neue Heimat Algier.

PIRAT AUS GUTEM HAUSE
Dieser Mantel gehörte dem Engländer Sir Francis Verney (1584–1615). 1607 schloss er sich nach Erbstreitigkeiten den Barbaresken an, fand aber auch dort nicht sein Glück. Er kaperte einige englische Schiffe, geriet dann aber in die Hände sizilianischer Piraten und starb nach zwei Jahren, erst 31jährig, in der Sklaverei.

STILVOLLER STAHL
Die Barbaresken entstammten einem Volk, bei dem Kunst und Handwerk große Tradition hatten. Besonders in der Kunst der Metallbearbeitung waren die Araber unübertroffen. Dieses Schwert (*nimcha*) gehörte einem algerischen Korsaren des 17.Jh.s.

EIN CORSO
Da die Barbaresken so viele Sklaven und Kämpfer an Bord hatten, dass die Vorräte nur für sechs bis sieben Wochen reichten, blieben sie immer nur kurz auf See. Die Kapitäne auf den genehmigten Beutezügen (Corso) nannte man *Rais*; sie waren für die Navigation zuständig. Das Oberkommando hatte der *Aga*, der Anführer der Janitscharen.

GALEERENSKLAVEN
Das Leben der Galeerensklaven war unerträglich. Viele starben den Hungertod oder wurden zu Tode geprügelt. Die Toten ersetzte man, sobald eine neue Prise gemacht (ein Schiff gekapert) war.

RITTER FÜRS HEILIGE LAND
Auf dieser Miniatur beladen Kreuzritter Schiffe für die Reise ins Heilige Land. Zu Beginn der Kreuzzüge wurde der Johanniterorden zur Verteidigung Jerusalems gegen die Muslime gegründet. Als diese die Stadt dann doch einnahmen, wurde Akka, später Zypern, dann Rhodos und 1530 schließlich Malta Sitz des Ordens (Malteser).

Die Korsaren von Malta

Unter dem Patronat des Malteserordens führten die Korsaren von Malta einen erbitterten Seekampf gegen die „heidnischen“ Barbaresken. Solange die Ordensritter selbst die Schiffe befehligten, war religiöser Eifer der Hauptantrieb, doch bald wurde der zweite Anreiz, das Gold, immer wichtiger. Zwar finanzierten und organisierten die Ritter weiterhin die Kaperfahrten gegen ihre muslimischen Feinde, aber für die maltesischen, korsischen und französischen Seeleute war die Piratenbeute ausschlaggebend. Bis etwa 1680 brachte die Piraterie Malta großen Reichtum ein. Danach führten Abkommen zwischen den europäischen Mächten und den Barbareskenstaaten zum Rückgang der Piraterie auf dem Mittelmeer.

KARACKE
Bis 1660 wuchs die maltesische Flotte ständig an, bis sie über 30 Karacken (Abb. auf einem Arzneigefäß) verfügte. Damals war ein Drittel der maltesischen Bevölkerung im „Seeräubergewerbe“ beschäftigt.

DIE BELAGERUNG MALTAS
1565 feierten die Ritter des Malteserordens ihren größten Triumph über die Muslime: Eine türkische Flotte belagerte Malta, und obwohl die Ritter zahlenmäßig 1:5 unterlegen waren, kämpften sie tapfer von ihrer Burgfestung an der Nordostküste Maltas aus. Als die Spanier Verstärkung schickten, mussten die türkischen Belagerer weichen. Sechs Jahre später setzte der Sieg der Christen in der Seeschlacht von Lepanto der Macht der Türken im Mittelmeer ein Ende.

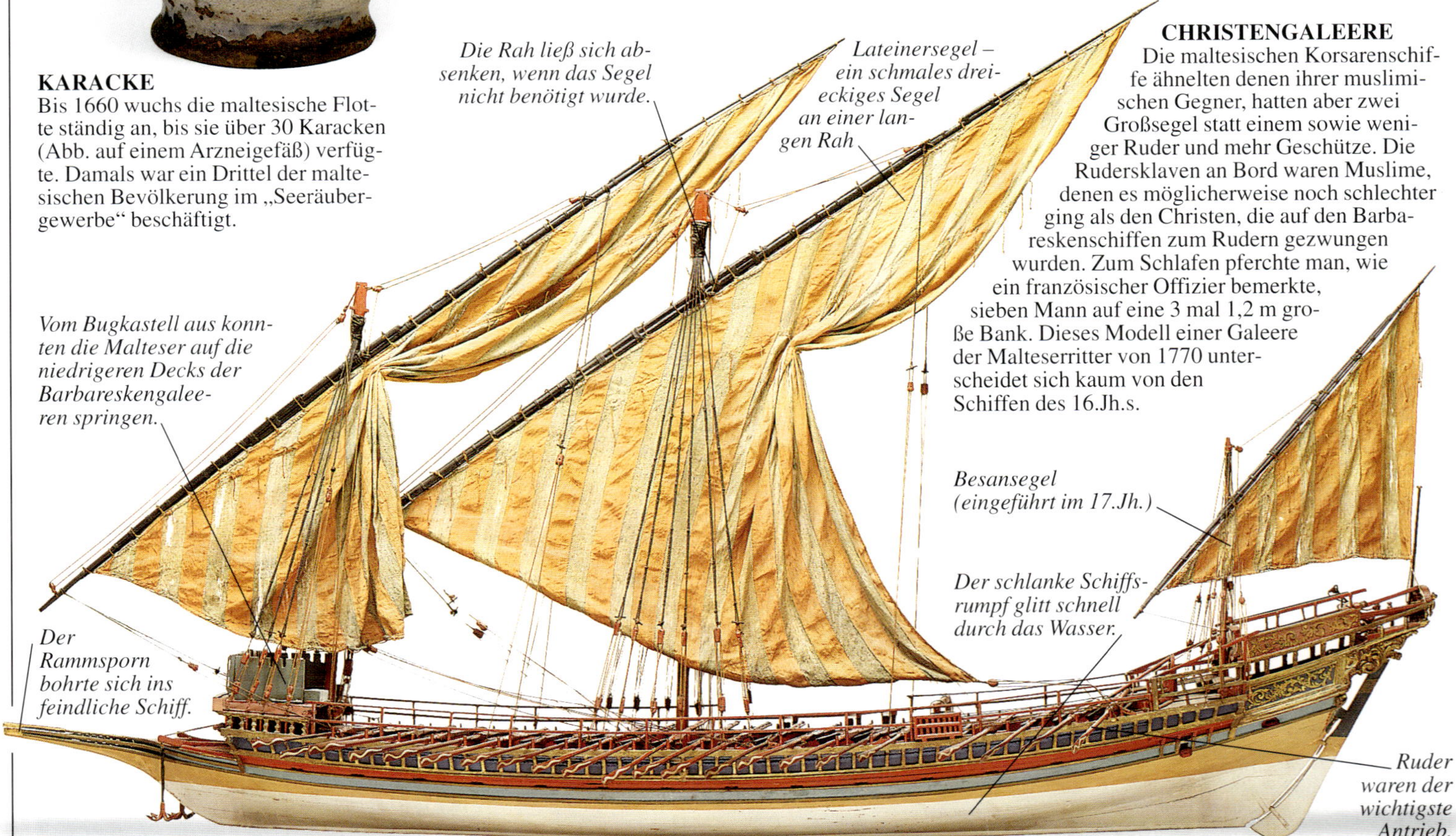

CHRISTENGALEERE
Die maltesischen Korsarenschiffe ähnelten denen ihrer muslimischen Gegner, hatten aber zwei Großsegel statt einem sowie weniger Ruder und mehr Geschütze. Die Rudersklaven an Bord waren Muslime, denen es möglicherweise noch schlechter ging als den Christen, die auf den Barbareskenschiffen zum Rudern gezwungen wurden. Zum Schlafen pferchte man, wie ein französischer Offizier bemerkte, sieben Mann auf eine 3 mal 1,2 m große Bank. Dieses Modell einer Galeere der Malteserritter von 1770 unterscheidet sich kaum von den Schiffen des 16. Jh.s.

Lederbezogener, mit Draht umwickelter Holzgriff

Becherförmiger Handschutz

Winzige Malteserkreuze zieren das Blatt.

Degen des 19.Jh.s im Stil der Malteser Rapiere des 17.Jh.s

RAPIER
Beim Entern kämpften die maltesischen Korsaren mit solchen Degen mit gewölbtem Handschutz (Rapiere, Bild). Zusätzlich trugen sie oft noch Dolche, mit denen sie die Degenhiebe der Gegner abwehrten.

MORION
Solche Sturmhauben schützten die Ritter bei Schlägen gegen den Kopf. Doch gegen einen gut gezielten Musketenschuss der Barbaresken halfen auch diese Helme nicht.

Lockige Langhaarperücken kamen um 1565 in Mode.

MALTESERKREUZ
Bei Schlachten und an Bord ihrer Schiffe trugen die Ritter des Malteserordens das achtspitzige Kreuz (hier auf dem Brustpanzer eines Ritters von Anfang des 17.Jh.s). Maltas Flagge hat ebenso ihren Ursprung in dem weißen Kreuz auf rotem Hintergrund wie das Wahrzeichen des Malteser Hilfsdienstes, der auf die Krankenpflegeabteilung des Ordens zurückgeht.

AUS DER MODE
Die runden Stechschilde der Johanniter waren für die damalige Zeit recht einfach. Dieser hat ein leichtes Prägemuster, modern waren prunkvollere Schilde.

SCHWER GEPANZERT
Im Kampf gegen ihre muslimischen Feinde sahen sich die Malteser als Hüter des christlichen Glaubens. Solche Brustpanzer trug man bei Gefechten auf See und zu Lande.

Gedenkmünze mit einem Porträt Cotoners

GROSSMEISTER
Nach der großen Belagerung Maltas begannen die Malteser ihre Burganlagen gegen erneute Angriffe der Barbaresken zu sichern. Die Baumaßnahmen waren erst nach mehr als 100 Jahren unter der Regentschaft des Großmeisters Nicolas Cotoner abgeschlossen.

Kaperwesen

Mit einem der ersten Kaperbriefe ermächtigte 1243 der englische König Heinrich III. Adam Robernolt und William le Sauvage, Feinde der Engländer „auf See und an Land“ anzugreifen. Dafür mussten sie ihm die Hälfte ihrer Beute abgeben. Solch ein Brief war für beide Vertragspartner von Vorteil: Die Freibeuter durften straflos Schiffe überfallen und der König gewann ein Kriegsschiff dazu und bekam seinen schriftlich festgelegten Anteil an der Beute. Seit dem 13. Jahrhundert boten viele Piraten Krieg führenden Ländern ihre Dienste an und erbeuteten dann als eine Art Hilfstruppe der Marine auf bewaffneten Privatschiffen (Kaperschiffe) feindliche Handelsschiffe. Der Höhepunkt des Kaperwesens lag zwischen dem 16. und 18. Jahrhundert, als die europäischen Länder teure Kriege führten. Eigentlich durften die Kaperfahrer nur feindliche Schiffe aufbringen – aber sie hielten sich nicht immer an die Regeln.

DER PIRAT DER KÖNIGIN
Der wohl bekannteste englische Abenteurer und Kaperkapitän, Sir Francis Drake (1540–1596), wurde 1581 von der englischen Königin Elisabeth I. (1558–1603) zum Ritter geschlagen. Drakes Kaperfahrten brachten ihr große Reichtümer ein.

LEGALE VERGELTUNG
Die ersten bekannten Kaperbriefe stellte Heinrich III. (1216–1272) aus. In Kriegszeiten ermächtigte der König die Kaperfahrer feindliche Schiffe anzugreifen. In Friedenszeiten erhielten Kaufleute, die Schiffsladungen an Piraten verloren hatten, durch Kaperbriefe die Berechtigung, ihrerseits Schiffe der Nation anzugreifen, die sie beraubt hatte.

George the Third by the Grace of

FREIBRIEF
Kaperbriefe wie dieser von Georg III. (1760–1820) ausgestellte wiesen eindeutig darauf hin, dass nur Schiffe der Kriegsgegner überfallen werden durften. Doch manch ein Kapitän „überlas“ solche Worte.

FÖRDERER DES KAPERWESENS
Der englische Seefahrer Sir Walter Raleigh (1522–1618) war ein Förderer des Kaperwesens. Er hatte erkannt, dass es seinem Land großen Reichtum einbrachte. Er rüstete auch auf eigene Rechnung Kaperschiffe aus, um mit den Gewinnen eine Kolonie in Virginia/Nordamerika zu finanzieren.

AUF GUTES GELINGEN!
Wohlhabende Kaperkapitäne konnten es sich leisten, auf ein neues Abenteuer mit solchen Gläsern anzustoßen. Die Inschrift lautet: „Erfolg für den Kaperkapitän, den Herzog von Cornwall.“

UNTER FALSCHER FLAGGE

Durch sein langes Fernrohr konnte ein Kaperfahrer die Flagge und damit die Nationalität eines sich nähernden Schiffs erkennen und den Gegner durch Hissen einer falschen Flagge täuschen. Wenn das Opfer seinen Irrtum erkannte, war es meist zu spät.

Hier hinein wurden Befehle gerufen.

Die Trichterform des Sprachrohrs verstärkte die Stimme.

SOFORT BEIDREHEN!

In ihren schnellen, manövrierfähigen Schiffen gelangten die Kaperkapitäne schnell in Rufweite ihrer Opfer und forderten diese dann auf anzuhalten. Im 18.Jh. benutzten sie dazu solche Sprachtrichter, eine Art Megaphon. Die kampflose Kapitulation des Gegners war Kaperkapitänen, wie anderen Piraten auch, lieber als ein Kampf.

KÖNIGLICHES WOHLWOLLEN

So wie sich die englischen Piraten der Gunst Königin Elisabeths I. erfreuten, bekamen auch die französischen Korsaren königliche Unterstützung. Hier wird 1695 der bekannte Korsar René Duguay-Trouin (S.50) nach Kaperung von drei englischen Ostindienfahrern dem französischen König Ludwig XIV. (1643–1715) vorgestellt.

Mit dieser Takelung (Anordnung der Segel) konnte das kleine Segelschiff auch hart am Wind (fast gegen den Wind) segeln.

Eine der acht Kanonen des Schiffs

AUF ABWEGEN

Gegen Ende des 18.Jh.s segelten französische Korsaren oft in solchen kleinen bewaffneten Fischerbooten. Die Ausrüstungskosten für ein Kaperschiff waren hoch und die Kapitäne mussten Gewinne machen. Deshalb überfielen sie – auch in Friedenszeiten – oft Schiffe jedweder Nationalität.

Eine spanische Galeone

Spanisch-Amerika

DIE REISEN DES KOLUMBUS
Auf der Suche nach einem Seeweg nach Indien gelangte Christoph Kolumbus (1451–1506) im Jahre 1492 nach Amerika. Er landete auf der Bahama-Insel San Salvador, wo die Eingeborenen ihn willkommen hießen (oben). Kolumbus machte drei weitere Fahrten nach Amerika und gründete auf der Karibikinsel Hispaniola (heute Haiti, S.27) die erste ständige spanische Kolonie.

Der sagenhafte Reichtum Spanisch-Amerikas mit seinen unermesslichen Gold- und Silberschätzen lockte unzählige Freibeuter und Abenteurer an. Spanisch-Amerika nannte man die Gebiete in der Neuen Welt, die Spanien nach Christoph Kolumbus' Landung in Amerika 1492 erobert hatte. In Mittel- und Südamerika fand man Schätze, die all unsere Vorstellungen übersteigen. Rücksichtslos plünderten die spanischen Eroberer (Konquistadoren) die Schätze der Azteken in Mexiko und der Inka in Peru und verschifften im 16./17. Jahrhundert gewaltige Mengen Gold und Silber nach Europa. Die spanischen Schatzflotten erregten schnell das Interesse von Piraten und Kaperkapitänen – ein neues Kapitel in der Geschichte der Piraterie begann.

Aztekenschätze verlud man in Vera Cruz.

In Havanna sammelten sich Schatzschiffe vor ihrer Rückkehr nach Europa.

In Nombre de Dios verlud man Inkaschätze.

Panama

SPANISCH-AMERIKA
Spanisch-Amerika umfasste die von Spanien beanspruchten Teile des amerikanischen Festlandes von Mexiko bis Peru sowie die Inseln und Gewässer der Karibik.

Auf diesem Globus von 1491 ist da, wo Amerika liegt, nur Wasser.

DIE ALTE WELT
Da dieser Globus vor 1492 entstand, ist die „Neue Welt" darauf nicht vorhanden. Er zeigt, auf welchem Weg Kolumbus Asien erreichen wollte.

Hoch oben im Krähennest (Mastkorb) hielt der Wachtposten Ausschau nach Piraten.

Bugkastell

SCHATZSCHIFFE
Die Schätze der Neuen Welt wurden auf Galeonen mit etwa 200 Mann Besatzung und einer Bewaffnung von bis zu 60 Kanonen nach Europa gebracht. Mit ihrem mächtigen Holzrumpf und ihrer gewaltigen Takelage waren diese Schiffe schlecht zu manövrieren. So konnten sie es trotz der starken Bewaffnung oft nicht mit den wendigen Piratenschiffen aufnehmen. Deshalb überquerten aus Sicherheitsgründen oft Konvois aus bis zu 100 Schiffen den Atlantik.

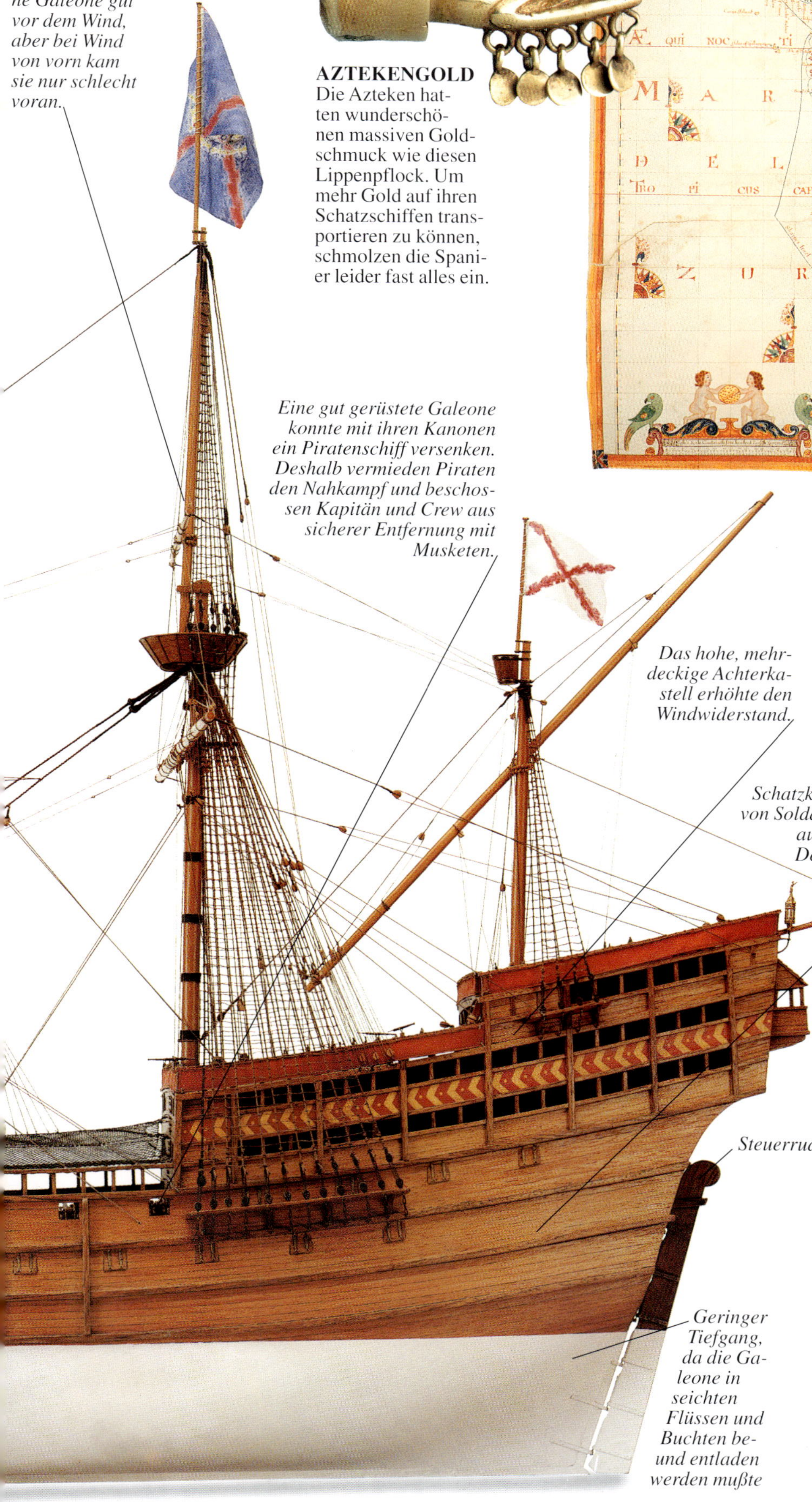

Mit einem großen Rahsegel an jedem Großmast segelte eine Galeone gut vor dem Wind, aber bei Wind von vorn kam sie nur schlecht voran.

Eine gut gerüstete Galeone konnte mit ihren Kanonen ein Piratenschiff versenken. Deshalb vermieden Piraten den Nahkampf und beschossen Kapitän und Crew aus sicherer Entfernung mit Musketen.

Das hohe, mehrdeckige Achterkastell erhöhte den Windwiderstand.

Schatzkisten wurden, von Soldaten bewacht, auf den unteren Decks gelagert.

Steuerruder

Geringer Tiefgang, da die Galeone in seichten Flüssen und Buchten be- und entladen werden mußte

AZTEKENGOLD
Die Azteken hatten wunderschönen massiven Goldschmuck wie diesen Lippenpflock. Um mehr Gold auf ihren Schatzschiffen transportieren zu können, schmolzen die Spanier leider fast alles ein.

DAS INKAREICH
1531 eroberte Francisco Pizarro (um 1476–1541) Peru. Er nahm den Inkakönig Atahualpa als Geisel und verlangte für seine Freilassung die Schätze seines Reichs. Doch trotz Lösegeldzahlung wurde Atahualpa getötet.

INKAGOLD
Als Lösegeld für ihren König füllten die Inka einen riesigen Saal mit Goldschätzen wie diesem Figürchen.

DER LETZTE KÖNIG
Nach langem Kampf ergab sich der Aztekenkönig Quauhtemoc (um 1495–1525) den spanischen Eroberern. Nach anfänglich guter Behandlung folterten und hängten sie ihn schließlich doch.

ZERSTÖRUNG ALTER KULTUREN
Dieses Gemälde zeigt die Niederlage der Azteken gegenüber der spanischen Armee unter Führung von Hernán Cortés (1485–1547). In ihrer Gier nach Gold zerstörten die Konquistadoren die Kultur der Azteken und der Inka völlig.

Aus der Neuen Welt

SILBERSKLAVEN
Anfangs zwangen die Spanier die Einheimischen zur Arbeit in den Silberminen. Doch sie waren der Arbeit und den Schlägen, die sie antreiben sollten, nicht gewachsen. So holten sich die Spanier Sklaven aus Afrika.

Im Europa des 16. Jahrhunderts staunte man über die Schätze der Neuen Welt. Der spanische Chronist Bernal Díaz del Castillo erwähnt z.B. eine Goldscheibe „in Form einer Sonne und groß wie ein Wagenrad“. Bald setzten viele Feinde Spaniens die Segel, um sich ihren Teil an der reichen Beute zu sichern: zuerst die Franzosen, wenig später die Engländer unter Führung von Drake und Hawkins. Ihre spektakulären Erfolge ermutigten viele Abenteurer zu Kaperfahrten in amerikanische Gewässer. Goldgier ließ viele die schmale Grenze zwischen Kaperei und Piraterie überschreiten und sie plünderten Schiffe jeder Nationalität.

FÜR FRANKREICH
Als Erste machten französische Schiffe erfolgreich Jagd auf spanische Schatzgaleonen. Der italienische Seefahrer Giovanni da Verrazano (um 1485–1528), der unter französischer Flagge segelte, kaperte 1522 drei Schiffe. Zwei waren mit Schätzen aus Mexiko beladen, das dritte mit Zucker, Fellen und Perlen. Am bekanntesten wurde Verrazano aber durch die Entdeckung der Bucht von New York im Jahre 1524.

ÜBERRASCHUNGSANGRIFF
Besonders leicht zu überfallen waren die Schatzflotten auf der ersten Etappe ihrer Reise. Sie mussten nämlich von der Karibik aus nördlichen Kurs steuern, um günstigen Wind für die Rückkehr nach Spanien zu bekommen. Die Kaperkapitäne lauerten ihnen daher vor der amerikanischen Küste auf.

STÜCK VON ACHTEN
Aus dem Gold und Silber der Neuen Welt prägten die Spanier Dublonen und „Stücke von Achten“, die später Piratenwährung wurden.

Kanonenrohr aus Bronze

WELTUMSEGLER
Die Heldentaten des Francis Drake (um 1540–1596) machten ihn zum Nationalhelden. Seitdem die Spanier 1568 sein Schiff angegriffen hatten, verfolgte er sie mit blindem Hass. Die Route seiner Seereise von 1585/86 ist auf dieser Landkarte eingezeichnet. Drake griff die spanische Stadt Vigo an und überquerte den Atlantik, um Spaniens Kolonien in der Neuen Welt zu überfallen.

GEFAHR IM VERZUG
Drakes erfolgreiche Verteidigung Englands gegen die spanische Armada im Jahre 1588 stärkte seinen Ruf als Held der Meere. Die Trommel, die ihn auf seinen Schiffsreisen begleitete, gibt es noch (rechts). Es heißt, sie läßt einen unheimlichen Trommelwirbel erschallen, wenn England Gefahr droht.

KAPERSCHIFF
Die ersten Kaperschiffe waren 50- bis 100-t-Barken mit 40 bis 50 Mann Besatzung. Später waren es Handelsschiffe von 100 bis 300 t wie dieses (um 1588). An Bord war es sehr eng, weil man zusätzliche Männer mitnahm für den Fall, dass gekaperte Schiffe nach Hause zu bringen waren.

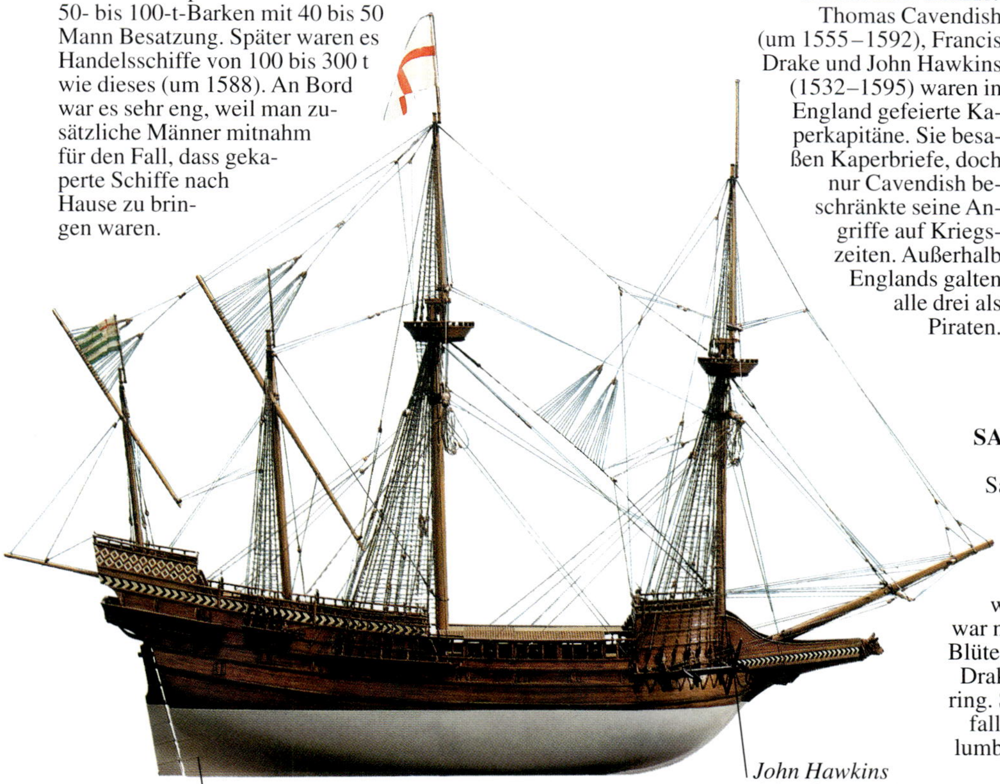

Ihre flachrumpfige, schlanke Form machte die Kaperschiffe wendiger als die spanischen Schiffe.

John Hawkins fuhr als einer der Ersten mit solch einer Galeone.

PIRATEN ODER KAPERER?
Thomas Cavendish (um 1555–1592), Francis Drake und John Hawkins (1532–1595) waren in England gefeierte Kaperkapitäne. Sie besaßen Kaperbriefe, doch nur Cavendish beschränkte seine Angriffe auf Kriegszeiten. Außerhalb Englands galten alle drei als Piraten.

SANTO DOMINGO
Drakes Angriff auf Santo Domingo/Hispaniola, die spanische Hauptstadt in der Neuen Welt, brachte ihm wenig ein. Die Stadt war noch groß, aber ihre Blütezeit war vorbei und Drakes Beute daher gering. Sein späterer Überfall auf Cartagena/Kolumbien dagegen lohnte sich für ihn.

Die Kanonenkugeln ließen Holz splittern und Segel herabstürzen.

Kanonenkugeln (16.Jh.)

GALEONENSCHRECK
Bessere Seegeschütze waren für die englischen Kaperkapitäne ein bedeutender Vorteil gegenüber ihren spanischen Feinden. Die traditionelle spanische Kampftechnik war, das feindliche Schiff zu entern und dann wie an Land zu kämpfen. Aber zu Drakes Zeiten konnten Geschütze 20 kg schwere Kanonenkugeln bis zu 1,5 km weit schießen, sodass die Spanier selten nah genug zum Entern herankamen.

Navigation

Um an die Reichtümer der Neuen Welt zu gelangen, mussten die Piraten übers offene Meer segeln und den Feind überlisten und überwältigen. Sie mussten ihre Schiffe an den Routen der Schatzflotten in Stellung bringen und dabei auf ihre Kenntnisse, den gesunden Menschenverstand und ihr Glück vertrauen. Für die Navigation hatte man nur einfache Hilfsmittel. Der Breitengrad ließ sich anhand des Sonnenstandes recht genau abschätzen, die Bestimmung des Längengrades war schwieriger. Außer dem Kompass waren Seekarten die wichtigste Navigationshilfe. Anfang des 16. Jahrhunderts hatten spanische Seefahrer weite Teile der amerikanischen Küste erkundet und genaue Karten erstellt, die eine sehr begehrte Kaperbeute darstellten. Gestohlene spanische Karten ermöglichten es den Piraten, an neuen Küstenabschnitten Reichtümer zu erbeuten.

KÖNNER AM WERK
Diese Illustration zeigt eine Gruppe erfahrener Navigatoren mit den Werkzeugen ihrer Zunft. Bei idealen Bedingungen konnten sie eine Entfernung auf bis zu 2 km genau schätzen, aber an Deck eines schlingernden Schiffs war die Genauigkeit wesentlich geringer.

Diese Doppelseite einer Portulane (Schifferhandbuch) zeigt die Küstenlinie Panamas.

PORTULANE
Der Bukanier Bartholomew Sharp schrieb 1681 in sein Logbuch: „Ich habe ein spanisches Manuskript von unschätzbarem Wert erbeutet – es beschreibt alle Häfen, Straßen, Buchten, Strände, Klippen und Anhöhen des Landes und enthält Instruktionen, wie man am besten in jeden Hafen gelangt.“ Oben abgebildet ist eine 1685 von dem englischen Kartographen William Hack angefertigte Abschrift der erbeuteten Portulane.

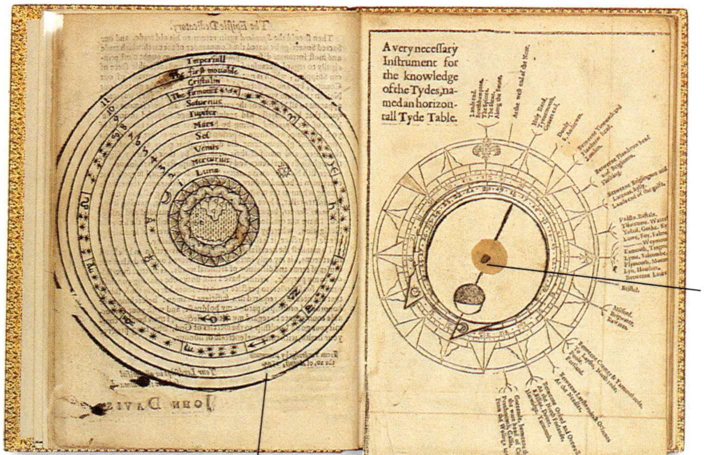

GEHEIMNISSE DES MEERES
Der englische Navigator John Davis (um 1550–1605) sammelte viele Erkenntnisse über das Meer auf seiner Reise mit dem Kaperfahrer Thomas Cavendish im Jahr 1591. Sein Buch *The Seaman's Secrets* (oben) gehörte bald zur Pflichtlektüre der Piratenkapitäne. Die abgebildete Volvelle zeigt die Position des Mondes und die Gezeiten mit Hilfe von drehbaren runden Schablonen an.

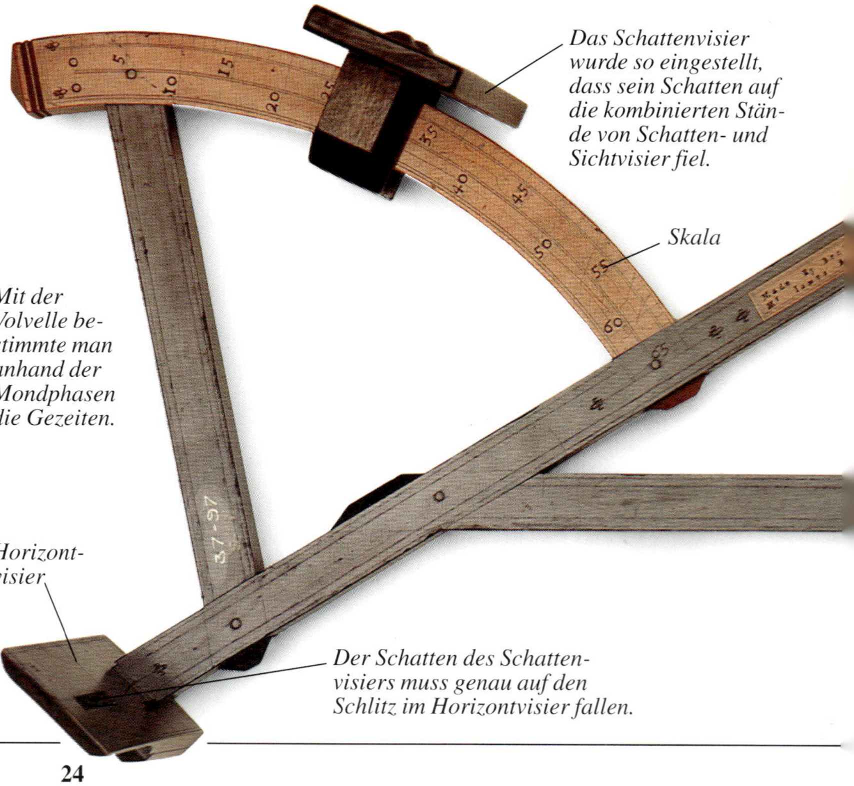

Rohr aus Papier und Pergament (Kalbsleder)

NÄHER BETRACHTET
Das Fernrohr wurde zu Beginn des 17. Jh.s erfunden. Auch wenn beim Hindurchsehen kein Land in Sicht war, konnten die Piraten durch Beobachtung der Wolken und der Seevögel damit Richtung und Entfernung des Landes abschätzen. Dieses Schiffsteleskop stammt von etwa 1690.

STECHZIRKEL
Das Navigieren im Gebiet Spanisch-Amerikas war recht einfach. Solange man sich nicht auf den Atlantik hinauswagte, reichten einfache Instrumente wie Zirkel, Seekarten und Kompass.

Mit dem Zirkel ließen sich Entfernungen abgreifen und Abmessungen übertragen.

Sonnenuhr

Kompass

Hier kann man die Wetterfahne einsetzen.

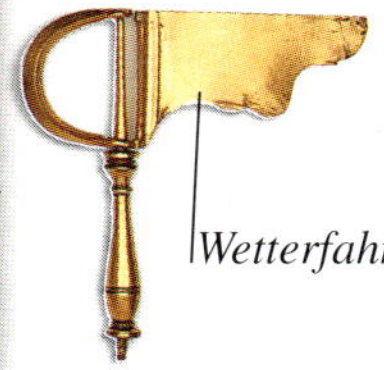

Wetterfahne

ASTRONOMISCH AUF DEM LAUFENDEN
Um ein Piratenschiff auf dem richtigen Kurs zu halten, bedurfte es vieler guter astronomischer Instrumente. Hier sieht man einen Kompass, eine Sonnenuhr, eine Wetterfahne und eine Volvelle, die der in John Davis' Buch ähnelt (linke Seite). Ungebildete Piraten verkauften solche feinen Geräte wahrscheinlich und navigierten mit einfachen, billigeren Instrumenten.

MAGNETSTEIN
Auf See fertigten Piraten Kompasse, indem sie Nadeln mit Magneteisenstein magnetisierten. Der Stein wurde oft dekorativ eingefasst – zum Schutz und um seinen Wert zu zeigen.

Der Navigator stellt das Sichtvisier auf Augenhöhe ein und blickt durch den Sehschlitz im Horizontvisier.

Hier wird der geschätzte Breitengrad eingestellt.

Skala

Hier hielt man das Gerät fest.

KURSBESTIMMUNG
Da die Magnetnadel des Kompasses immer nach Norden zeigt, können Seeleute daran ihren Kurs ablesen. Auf langen Ozeanreisen bestimmte man die geographische Länge (wie weit man nach Osten oder Westen gefahren war) durch Ablesen der Fahrtrichtung vom Kompass und durch Schätzen der zurückgelegten Seemeilen.

Kardanische Aufhängung des Kompasses (frei dreh- und schwenkbar) fängt Schiffsschwankungen auf.

JAKOBSTAB
Die frühen Navigatoren bestimmten die geographische Breite mit dem Jakobsstab. Nachts konnte man damit den Polarstern anpeilen (bei Tage musste man in die Sonne blicken!) und den Querstab verschieben, bis sein unteres Ende den Horizont berührte. Auf einer Tabelle waren den Werten der Skala die entsprechenden Breitengrade zugeordnet.

DAVIS-QUADRANT
1595 erfand John Davis den nach ihm benannten Quadranten, der Ortsbestimmungen bei Tage erlaubte, ohne dass man direkt in die Sonne sehen mußte. Die Sonne warf den Schatten des oberen Visiers auf einen Sehschlitz, durch den der Beobachter gleichzeitig den Horizont anpeilen konnte. Die Winkelsumme zwischen den Visieren ergab den Winkel der Sonne zum Zenit und davon abgeleitet die geographische Breite.

Die Bukanier

Um der Piraterie in der Karibik ein Ende zu bereiten, widerrief der englische König Jakob I. 1603 alle Kaperbriefe (S.18). Damit aber begann eines der blutigsten Kapitel in der Geschichte Spanisch-Amerikas, denn schon bald traten gesetzlose Bukanier an die Stelle der Kaperkapitäne. So schlossen sich Jäger von der Insel Hispaniola (Haiti) zu einer Art Bruderschaft zusammen, als die Spanier sie zu vertreiben versuchten. Zuerst griffen sie kleine Schiffe an, aber bald suchten sie sich lohnendere Beute. Strafgefangene, Vogelfreie und entlaufene Sklaven schlossen sich ihnen an. Die Bukanier hielten sich nur an ihre eigenen Gesetze, und ihre Anführer sorgten mit grausamen Mitteln für Disziplin. Einige von ihnen, am bekanntesten ist wohl Henry Morgan, strebten nach Ruhm und Ehre und galten als Helden.

BLUTBEFLECKT
Ursprünglich machten die Bukanier Fleisch im *boucan* (Räucherhaus) haltbar und gewannen aus Fett Lampenöl. Sie jagten die verwilderten Rinder und Schweine Hispaniolas. Die wilden Gesellen kleideten sich in unbehandelte Felle, waren durch ihr Gewerbe blutbefleckt und stanken.

RÄUCHERFLEISCH
Die Indianer zeigten den Bukaniern, wie man im *boucan* (Räucherhaus) Fleisch haltbar machte. Davon leitet sich ihr Name ab.

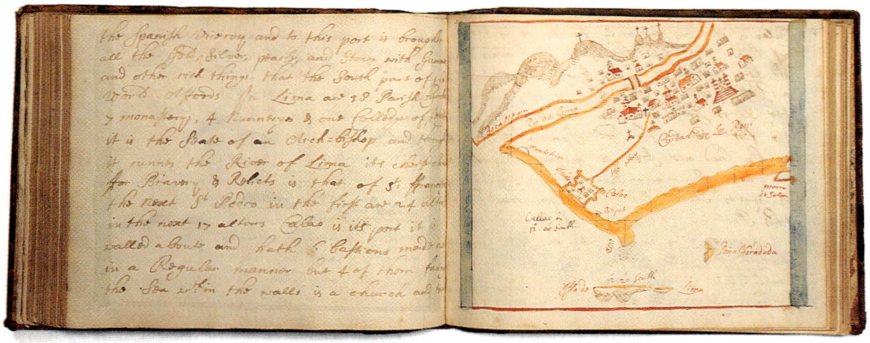

BUKANIER-LOGBUCH
Der Arzt Basil Ringrose (1653–1686) begleitete 1680 bis 1682 den Bukanier Bartholomew Sharp auf seinen Fahrten entlang der Pazifikküste Südamerikas. Sein Reisebericht ist eine interessante Quelle über das Leben der westindischen Seeräuber.

Seemannskarte des 17.Jh.s von Hispaniola (heute Haiti)

BLUTRÜNSTIGE MÖRDER
In den Gewässern der Karibik zählte ein Menschenleben nichts und Folterungen waren alltäglich. Einer aber übertraf alle anderen an Grausamkeit: Lolonnois (oben). Einmal schnitt er einem spanischen Gefangenen das Herz heraus und stopfte es einem anderen in den Mund.

Schwert und Scheide (1670) gehörten angeblich einem von Morgans Bukaniern.

LOLONNOIS

Der schrecklichste unter den grausamen Bukaniern war der Franzose Lolonnois, der die Spanier so in Angst versetzte, dass sie lieber starben als sich ihm zu ergeben.

ROCK BRAZILIANO

Dieser Trunkenbold hasste die Spanier, die ihn nach Brasilien verbannt hatten. Einmal briet er zwei spanische Bauern lebendig am Spieß, weil sie ihm nicht ihre Schweine überlassen wollten.

„DER PORTUGIESE“

Der kühne Bartolomäus Portugues machte wertvolle Prisen, war die Beute aber schnell wieder los. Obwohl er nicht schwimmen konnte, floh er mit Weinflaschen als Schwimmhilfe von einem Gefangenenschiff.

SIR HENRY MORGAN

Der Waliser Henry Morgan (?1635–1688) war wahrscheinlich genauso grausam wie andere Bukanier, aber für seine kühnen Angriffe auf die spanischen Kolonien wurde er geadelt und zum Gouverneur von Jamaika ernannt.

Die Seekarte ist auf einer zusammenklappbaren Eichenplatte befestigt.

Saona

SCHILDKRÖTEN-INSEL

Die Bukanier lebten friedlich als Jäger auf Hispaniola (links), bis die Spanier sie angriffen und viele Tiere töteten. Zur besseren Verteidigung schlossen sie sich zu einer Bruderschaft zusammen und einige ließen sich auf Tortuga nieder, von wo sie gut Jagd auf spanische Schiffe machen konnten. Französische Garnisonen drängten einige von ihnen auf die Inseln Île à Vache und Saona ab.

URSPRUNG DES ENTERMESSERS

Das Entermesser soll auf die Bukanier zurückgehen. Aus den langen Messern, die die ersten Bukanier zum Fleischschneiden benutzten, wurde der berühmte Seemannsdolch.

BRUTALER ÜBERFALL

Morgan ließ bei seinen Angriffen auf die spanischen Kolonien gnadenlose Härte walten. 1668 zwangen seine Leute die Männer der Stadt Puerto Principe auf Kuba (rechts) zur Aufgabe, indem sie drohten, Frauen und Kinder in Stücke zu reißen. Während die Bevölkerung, in Kirchen eingesperrt, hungerte, plünderten Morgans Männer die Stadt.

Waffen

Mit ohrenbetäubendem Kanonendonner eröffnen die Piraten den Angriff. Ein gut gezielter Schuss aus einer Muskete trifft den Steuermann, das Schiff fährt führerlos weiter. Als die enternden Piraten die Schoten kappen, fällt das Hauptsegel aufs Deck. – Nach solch einer Machtdemonstration waren die meisten Seeleute nicht bereit es mit den bis an die Zähne bewaffneten, Drohungen ausstoßenden Piraten aufzunehmen. Nur wenige Mannschaften setzten sich zur Wehr, und die es taten, machten Bekanntschaft mit den rasiermesserscharfen Entermessern erfahrener Halsabschneider. Die einzige Möglichkeit einen Piratenangriff erfolgreich abzuwehren, war die Vermeidung eines offenen Kampfes. Am klügsten war es, sich im sichersten Teil des Schiffs zu verbarrikadieren und von dort mit Schusswaffen und selbst gebauten Bomben zu kämpfen.

KANONENKUGELN
Kanonenkugeln brachten normalerweise kein Schiff zum Sinken, aber die Eisenkugeln ließen Holz im Schiff splittern. Kettenkugeln (zwei zusammengekettete Kanonenkugeln) rissen Masten und Segel herunter.

MÖRDERMESSER
Im 17./18.Jh. war das Entermesser die bevorzugte Waffe aller Seeleute. Seine kurze, breite Klinge machte es zur idealen Nahkampfwaffe an Bord eines Schiffs; ein längeres Schwert hätte sich leicht in der Takelage verfangen.

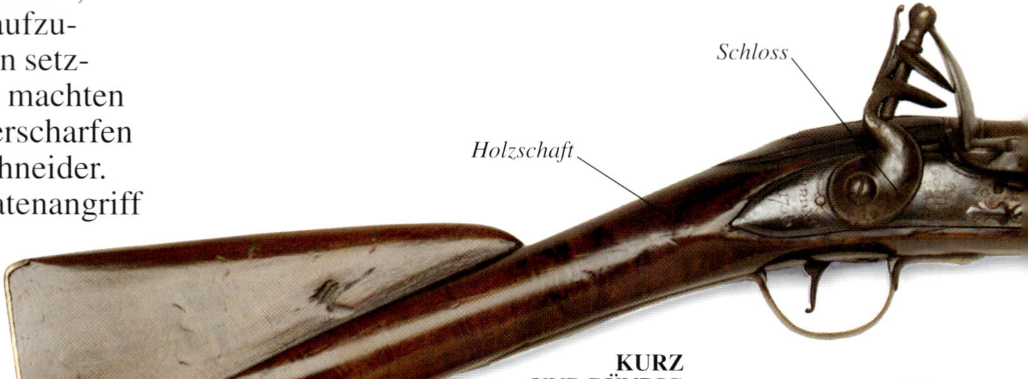

KURZ UND BÜNDIG
Da der kurze Lauf solcher kurzen Musketen die Treffgenauigkeit und Reichweite verminderte, benutzten Piraten sie nur für den Nahkampf. Wie die längere Muskete lag diese Waffe auf der Schulter auf, aber wegen ihres kurzen Laufs war sie im Kampfgetümmel auf Schiffsdecks besser zu handhaben.

Musketenkugel und Tuchflicken

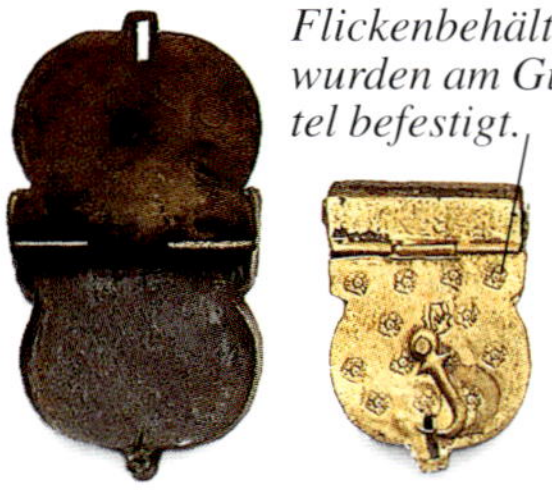

SCHUSSPFLASTER
Damit eine Kugel fest im Lauf saß, wickelten die Piraten sie in ein Stückchen Leinen oder Leder. Die Flicken bewahrte man in solchen Behältern auf.

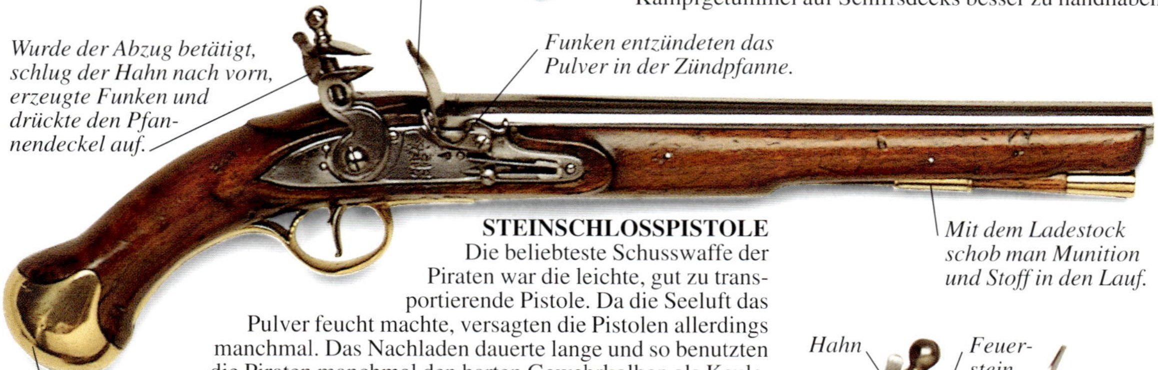

STEINSCHLOSSPISTOLE
Die beliebteste Schusswaffe der Piraten war die leichte, gut zu transportierende Pistole. Da die Seeluft das Pulver feucht machte, versagten die Pistolen allerdings manchmal. Das Nachladen dauerte lange und so benutzten die Piraten manchmal den harten Gewehrkolben als Keule.

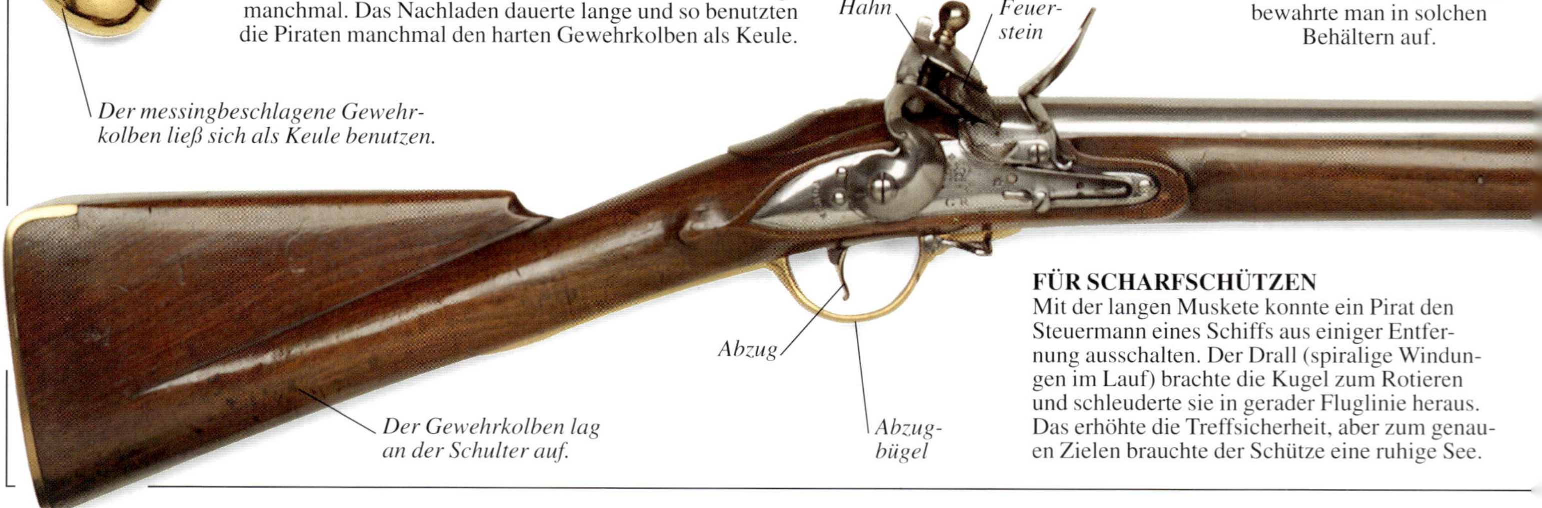

FÜR SCHARFSCHÜTZEN
Mit der langen Muskete konnte ein Pirat den Steuermann eines Schiffs aus einiger Entfernung ausschalten. Der Drall (spiralige Windungen im Lauf) brachte die Kugel zum Rotieren und schleuderte sie in gerader Fluglinie heraus. Das erhöhte die Treffsicherheit, aber zum genauen Zielen brauchte der Schütze eine ruhige See.

BLUTBAD
In dem Kampf, der bei der Gefangennahme des berüchtigten Blackbeard entbrannte (S.30–31), wurden die Piraten so schwer mit Entermessern verletzt, dass „das Meer rund um das Schiff mit Blut getränkt war“.

MIT DER AXT
Mit Hilfe solcher Äxte schwangen sich enternde Piraten über die Schiffsreling. Dann holten sie damit die Segel herunter: Ein einfacher Hieb zerschnitt Seile von der Stärke eines Männerarms.

ERBARMUNGSLOS
Wenn Piratenopfer Widerstand leisteten, wurde im anschließenden Kampf keiner geschont. Wenngleich die Brutalität auf diesem Bild (19.Jh.) sicher übertrieben ist, gab es auch für die Frauen keine Gnade.

ENTERWAFFEN
Der berüchtigte Barbareskenkapitän Dragut Rais (rechts) galt als tapferer Kämpfer. Hier stürmt er, mit Pistole, Entermesser und Enterbeil bewaffnet, an Bord.

Gewehrmündung

Ladestock

GEZÜCKTE DOLCHE
Den Dolch konnte der Pirat unter seiner Kleidung verbergen und bei Kämpfen unter Deck, wo kein Platz für Schwertkämpfe war, als tödliche Waffe einsetzen.

BIS ZUM BITTEREN ENDE
Kämpfe zwischen Piraten des Mittelmeers (16./17.Jh.) waren besonders heftig, da hier zwei Religionen aufeinander prallten. Die Christen – auf diesem Bild griechische Korsaren – kämpften nicht nur um Beute, sondern glaubten Gott auf ihrer Seite zu haben. Ihre türkisch-islamischen Gegenspieler nahmen dasselbe für sich in Anspruch. Dieser Stich aus dem 19.Jh. zeigt die Kompromisslosigkeit ihres Kampfes.

FEUERFLASCHEN
Solch eine selbst gemachte Handgranate konnte ein sich schnell ausbreitendes Feuer verursachen. Häufiger enthielten solche Bomben aber ein schwelendes Gemisch aus Teer und Lumpen und erzeugten Qualm und Panik.

BARFUSSLAUFEN VERBOTEN!
Französische Korsaren warfen manchmal solche tückischen Krähenfüße an Deck eines Schiffs, das sie enterten. Da die Seeleute barfuß liefen, um nicht auszurutschen, konnten sie sich an den Fußangeln schlimm verletzen.

Ein Stachel zeigt immer nach oben.

AN DIE KANONEN!
Das Laden und Feuern einer Kanone erforderte strenge Disziplin: Auch das beste Team benötigte dafür zwei bis fünf Minuten. Undisziplinierte Piratencrews schafften kaum mehr als einen Schuss pro Geschütz, ehe sie enterten.

Piraten der Karibik

Er war ein Pirat wie aus dem Bilderbuch: Starr und grausam war sein Blick, und wenn er in den Kampf zog, steckte er sich brennende Lunten ins Haar. Seinen langen Bart, der nie gestutzt wurde, drehte er zu Zöpfen. Er trank viel – besonders gern Rum mit Schießpulver. Er war gefürchtet bei den Seeleuten seiner Zeit, ja selbst bei seiner eigenen Crew. Blackbeard („Schwarzbart“) war typisch für die Seeräubergeneration, die auf die Bukanier folgte. Im 17. Jahrhundert hatten einige karibische Inseln die Bukanier willkommen geheißen; als sie aber zunehmend Schwierigkeiten machten, vertrieb man sie. Viele Bukanier unternahmen dann während der Kriege Anfang des 18. Jahrhunderts „ehrbare“ Kaperfahrten. Doch als Frieden einkehrte, nahmen viele ihr Leben als Piraten wieder auf, das Freiheit und Abenteuer für sie bedeutete, und plünderten Schiffe jeder Flagge und Nationalität. Auf den Bahamas und auf dem amerikanischen Festland entstanden neue Piratenstützpunkte.

BRUTAL
Edward Low ließ 1723 die gesamte Besatzung eines spanischen Schiffs töten.

Schnallenschuhe waren im 18.Jh. modern.

ZWEI GESICHTER
Piratenkapitän Edward Low (18.Jh.) gilt als einer der grausamsten Piraten aller Zeiten. Auf der anderen Seite soll er ein liebevoller Ehemann und Vater gewesen sein, dem man nachsagte, dass er verheiratete Männer milde behandelte.

KALTBLÜTIG
Auch Lows Gefolgsleute waren grausam. Auf diesem Bild hält einer einem Spanier die Waffe an den Kopf und drückt ab.

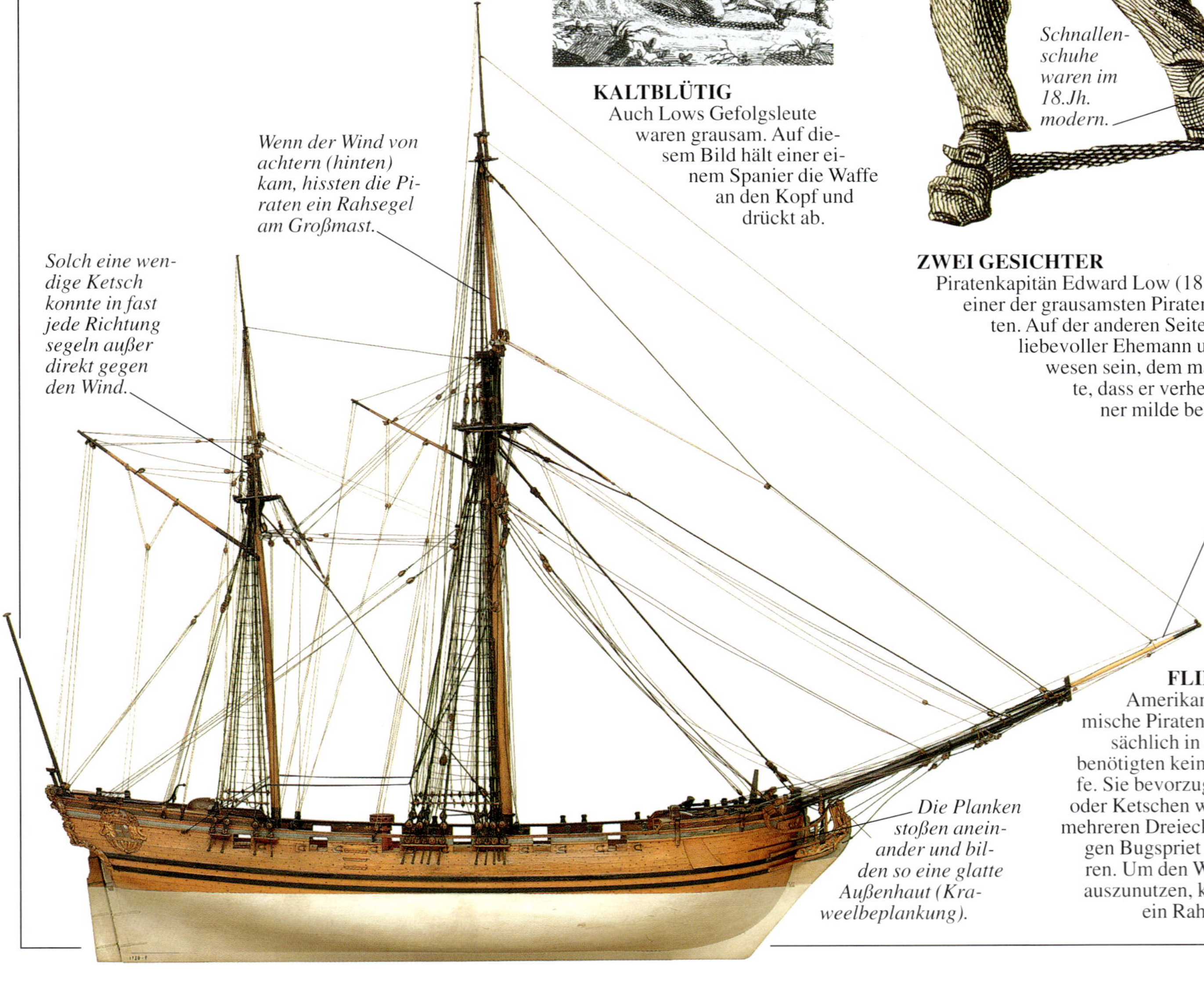

Wenn der Wind von achtern (hinten) kam, hissten die Piraten ein Rahsegel am Großmast.

Solch eine wendige Ketsch konnte in fast jede Richtung segeln außer direkt gegen den Wind.

Bugspriet: fast so lang wie der Schiffsrumpf

Die Planken stoßen aneinander und bilden so eine glatte Außenhaut (Kraweelbeplankung).

FLINKE KETSCH
Amerikanische und bahamische Piraten kreuzten hauptsächlich in Küstennähe und benötigten keine Hochseeschiffe. Sie bevorzugten Schaluppen oder Ketschen wie diese, die mit mehreren Dreieckssegeln am langen Bugspriet sehr schnell waren. Um den Wind noch besser auszunutzen, konnte man noch ein Rahsegel aufziehen.

Rogers' Sohn zeigt seinem Vater eine Karte von New Providence.

EIN NEUER GOUVERNEUR FÜR NEW PROVIDENCE

1715 bis 1720 war die Bahama-Insel New Providence eine beliebte Piratenzuflucht und gesetzlose Republik. Das änderte sich mit der Ankunft eines neuen Gouverneurs aus England, des ehemaligen Kaperkapitäns Woodes Rogers (1679–1732). Rogers gewährte den Piraten Gnade, wenn sie ihr Gewerbe aufgaben. Die acht, die sich weigerten, wurden gehängt. So räumte er langsam im Piratenlager auf.

„Black Bart" Roberts

PIRAT WIDER WILLEN

Bartholomew („Black Bart") Roberts (1682–1722) wurde 1719 nach 20 ehrlichen Seemannsjahren von den Piraten, die sein Schiff gekapert hatten, zum Kapitän gewählt. Danach brachte er noch etwa 400 Schiffe auf.

Vor einem Kampf steckte sich Blackbeard brennende Lunten unter den Hut, sodass er in einer Rauchwolke erschien.

In Salpeter und Kalkmilch getauchte Hanfschnüre

Zu Zöpfen gezwirbelter Bart

Die schwere Muskete war auch als Keule geeignet.

Blackbeard trug sechs Pistolen an seinem Bandelier, denn jede hatte nur einen Schuß.

STADTERPRESSER

Gefürchtet war Blackbeard vor allem in der Stadt Charleston: 1718 sperrte er den dortigen Hafen ab, nahm einen Ratsherrn und dessen vierjährigen Sohn als Geiseln und erpresste für ihre Freilassung Medikamente.

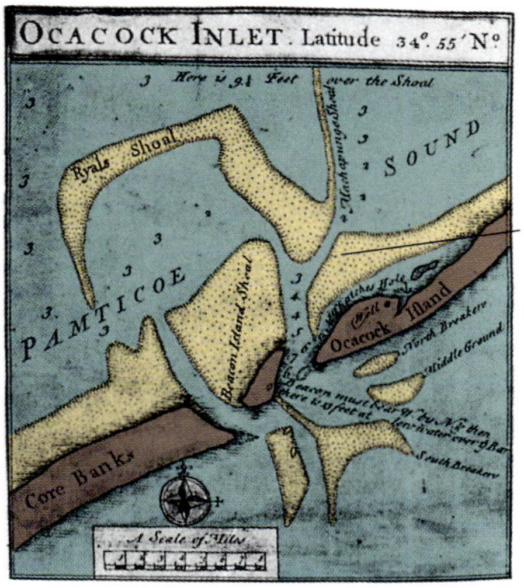

Das Labyrinth dieser Sandbänke wurde Blackbeard schließlich zum Verhängnis.

OCRACOKE

Die Insel Ocracoke, eine Sandbank vor der Küste North Carolinas, war Schauplatz vieler Piratenkämpfe (S.45). Blackbeard wähnte sich im seichten Wasser um Ocracoke vor Angreifern sicher.

GRAUSAM GEGEN FREUND UND FEIND

Blackbeard stammte aus England und soll 14 Ehefrauen gehabt haben. In amtlichen Dokumenten wird er Edward Teach genannt, es tauchen aber auch Namen wie Thatch, Tash oder Tach auf. Daniel Defoe nennt ihn Drummond. Bekannt für plötzliche Gewaltausbrüche, schoss er sogar seine eigenen Leute zu Krüppeln. Seine Schreckensherrschaft dauerte nur zwei Jahre, 1718 stellte ihn die britische Marine in den seichten Gewässern um die Insel Ocracoke und Blackbeard starb in einem berühmt gewordenen Kampf (S.58).

Zuckerhüte ließen sich gut im Laderaum eines Schiffs verstauen.

Für Zuckerhüte goss man flüssigen Zucker in Formen.

KEIN ZUCKERSCHLECKEN

Bis etwa 1700 schätzten die jamaikanischen Pflanzer den Schutz, den ihnen die Bukanier gegen spanische Angriffe gewährten. Als die „Beschützer" dann aber begannen die jamaikanischen Zuckerschiffe zu entern, kühlte das gute Verhältnis schnell ab.

Frauen als Piraten

Wie das Geschäftsleben, die Kunst oder die Politik war die Piraterie im 18. Jahrhundert eine reine Männerdomäne. Wollte damals eine Frau zur See fahren oder gar Piratin werden, musste sie sich als Mann ausgeben, indem sie Männerkleidung trug und kämpfte, trank und fluchte wie ein Mann. Die Frauen, denen dies gelang, werden in den Geschichtsbüchern nicht erwähnt – wir kennen heute nur die, denen man auf die Schliche kam. Die kühnen Heldentaten einer Mary Read oder Anne Bonny erstaunen uns. Es gab aber schon vor ihnen immer wieder Abenteurerinnen, die in Männerkleidung Gleichbehandlung suchten. Wie viele ihrer Zeitgenossinnen ließen Read und Bonny weder Kraft noch Mut vermissen. Wenn die beiden furchtlos Seite an Seite kämpften, zitterten die mutigsten Piraten und Seeleute vor ihnen.

MARY READ
Die Engländerin Mary Read (1690–1720) kämpfte als Mann verkleidet in der englischen Armee und Marine. Als John Rackhams Piraten ihr Schiff kaperten, schloss sie sich ihnen an. Ihr Mut beschämte die übrige Piratencrew. Während eines Angriffs versteckten sich fast alle, nur Mary Read und Anne Bonny kämpften. Als die Piraten nicht herauskamen und „wie Männer" kämpften, erschoss Read die Feiglinge.

PIRATENKAPITÄNIN ALWILDA
Um der Heirat mit dem dänischen Prinzen Alf zu entgehen, rüstete die aus Gotland stammende Alwilda ein Schiff aus und stach mit einer reinen Frauencrew in See. Sie war eine der ersten Piratenkapitäninnen.

TOD AUS FRAUENHAND
Weil er ihren Liebsten bedrohte, forderte Mary Read einen Piraten zum Duell und versetzte ihm mit ihrem Entermesser den Todesstoß.

Piraten trugen gern leuchtend rote Schärpen.

PIRATENTRACHT
Frauen waren auf den meisten Piratenschiffen nicht zugelassen. Daher mussten Mary Read und Anne Bonny Männerkleidung tragen. Einige Quellen besagen, dass Mary und Anne ihre wahre Identität bis zum Prozessbeginn geheim hielten. In anderen heißt es, dass die beiden nur im Kampf Männerkleidung trugen.

Strapazierfähige Baumwollhose mit beinernen Knöpfen

CALICO JACK
Ab 1718 trieb das Piratenpaar „Calico Jack" (John Rackham, links) und Anne Bonny sein Unwesen in der Karibik. Später schloss sich ihnen Mary Read an. 1720 gingen alle drei vor Jamaika der britischen Marine in die Falle. Da die Männer zu betrunken waren, leisteten Anne und Mary allein Widerstand. Bis auf die beiden schwangeren Frauen wurden alle Piraten zum Tode verurteilt. Als man Rackham zum Galgen führte, sagte Mary: „Hättest du gekämpft wie ein Mann, müsstest du nicht hängen wie ein Hund!"

Spangenschuh aus Leder (18. Jh.)

PERFEKTE VERKLEIDUNG?
Mag der weite Schnitt der Piratenjacke (unten) auch Annes und Marys Kameraden getäuscht haben – eine aufmerksame Frau an Bord eines von den Rackham-Piraten überfallenen Handelsschiffs durchschaute die Maskerade. Dorothy Thomas sagte später aus: „Von der Größe ihrer Brüste her hielt ich sie für Frauen.“

Weit geschnittene blaue Jacke

Leder-Bandelier für die Waffen

Blauweiß kariertes Matrosenhemd aus Leinen

Eine turbanähnliche Kopfbedeckung war beliebt bei Matrosen.

DIE AXT SCHWINGEN
Abbildungen zeigen Anne Bonny und Mary Read mit großen Enterbeilen. Wenn sie mit solch schweren Waffen kämpfen konnten, waren sie auch stark genug für jede andere Arbeit an Bord.

Die Piratenkönigin Ching Shih beim Kampf mit Dolch und Entermesser

CHING SHIH
Anfang des 19.Jh.s terrorisierte eine riesige Piratenflotte unter Führung der brillanten Piratin Ching Shih die chinesischen Meere. Weibliche Kapitäne waren in China gar nicht so ungewöhnlich, wohl aber die Größe der Flotte. Ching Shih befehligte 1800 Schiffe und 80.000 Piraten.

MIT GEZÜCKTEM DOLCH
Charlotte de Berrys Piratenlaufbahn begann, als sie eine Meuterei gegen einen grausamen Kapitän anführte, der sie vergewaltigt hatte. Sie köpfte den Kapitän mit einem Dolch.

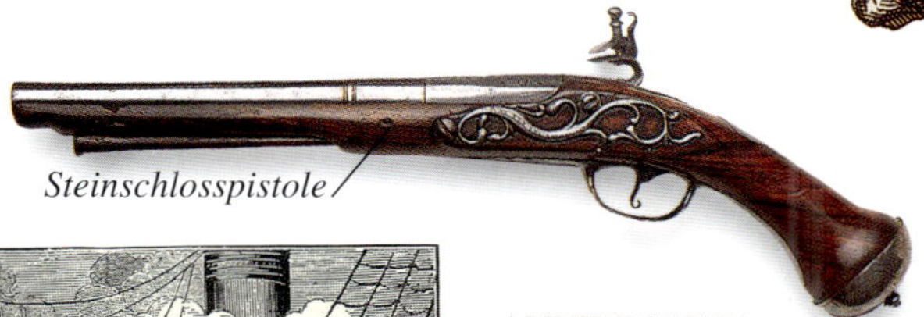

Steinschlosspistole

CHARLOTTE DE BERRY
Charlotte de Berry (rechts), 1636 in England geboren, folgte ihrem Ehemann als Mann verkleidet in die Marine. Als sie später gezwungenermaßen ein Schiff nach Afrika besteigen musste, führte sie eine Meuterei an. Sie übernahm das Kommando und brachte mit ihren Piraten Goldschiffe auf.

ANNE BONNY
Als Anne Bonny (rechts) den Piraten John Rackham kennenlernte, verließ sie ihren Ehemann und ging als Mann verkleidet mit an Bord des Piratenschiffs. Als Mary Read, ebenfalls in Männerkleidung, sich Rackhams Crew anschloss, wurden die beiden Frauen gute Freundinnen. Nach der Gefangennahme der gesamten Mannschaft entgingen Mary und Anne dem Galgen, weil sie schwanger waren.

Piratenflaggen

VORBILD
Vielleicht ließen sich Piraten für ihre Flaggen von Grabsteinen wie diesem (18.Jh) anregen.

Schon die Flaggen der Seeräuber sollten möglichen Opfern einen tödlichen Schrecken einjagen. Meist benutzten die Piraten mit Todessymbolen bemalte Flaggen (im Englischen „Jolly Roger“ genannt). Das Hissen des Jolly Roger bedeutete: Ergebt euch kampflos! Segelten die Piraten dagegen unter blutrotem Banner, gewährten sie keine Gnade. Die Fahnen erfüllten ihren Zweck: Einige Seeleute verteidigten ihre Schiffe zwar tapfer, andere aber ergaben sich schnell und hofften, sich den Piraten anschließen zu können. Für viele, die als Seeleute unter härtesten Bedingungen hatten arbeiten müssen, bedeutete das Piratenleben Freiheit und Reichtum.

TOTENKOPF-FLAGGE
Aus Piratengeschichten kennen wir Flaggen wie diese des Henry Avery (S.47), die einen Totenkopf mit gekreuzten Knochen zeigt. Im 17.Jh. kam dieses Motiv als Todessymbol auf und gegen Ende des Jahrhunderts übernahmen es die Piraten dann für ihre Flaggen. Aber es gab kein allgemein gültiges Symbol – jeder Pirat hatte sein eigenes.

TÜRKENSÄBEL
Thomas Tew (S.47) wählte einen beeindruckenden asiatischen Säbel als Flaggenemblem. Doch er brachte ihm kein Glück. 1695 starb der Pirat im Kampf um das Schiff *Fateh Mohamed* durch eine indische Schusswaffe.

VERRINNENDE ZEIT

Ein beliebtes Flaggenemblem und Grabsteinmotiv war das Stundenglas. Auf diesem blutroten Banner des Christopher Moody (1694–1722) hat es Flügel: Das sollte Seeleuten bedeuten, dass die Zeit, die ihnen noch blieb, um sich zu ergeben, wie im Fluge verging.

Nicht alle Totenkopf-Flaggen waren schwarzweiß.

Hier tun Piraten, um ein sich näherndes Schiff zu täuschen, so, als wären sie Frauen.

MEISTER DER VERSTELLUNG

Da die Chancen der Piraten in einem konventionellen Seekampf nicht so gut standen, versuchten sie oft ihre Opfer zu überlisten. Manchmal segelten sie unter falscher Flagge und hissten erst in letzter Minute die Piratenfahne in der Hoffnung, dass die Opfer sich kampflos ergeben würden. Trat das nicht ein, enterten sie in einem Überraschungsangriff.

KEINE KUNSTWERKE

Piratenflaggen wurden schnell und nicht sehr sorgfältig vom Segelmacher oder einem Matrosen genäht. Die Piraten in New Providence ließen ihre Flaggen bei der Witwe eines Segelmachers anfertigen, die sie mit Brandy bezahlten.

TOD UND TEUFEL

Die Flagge des Piraten Blackbeard („Schwarzbart", S.30) zeigt ein Teufelsskelett mit Stundenglas, Pfeil und blutendem Herzen – eine Kombination von mehreren Grauen erregenden Piratenzeichen.

KÜHNE FLAGGE

Unter diesem Totenkopf mit gekreuzten Schwertern, der Flagge des John Rackham (S.32), kämpften Mary Read und Anne Bonny. Rackham war nicht immer so kühn, wie diese Flagge glauben machen will. Als die englische Marine sein Schiff angriff, versteckte er sich mit seinen betrunkenen Männern im Laderaum und ließ die Frauen allein kämpfen.

WER ZUERST KOMMT…

Die Schiffe, die die Piraten überfielen, waren so unterschiedlich, dass es keine bestimmte Erfolg versprechende Angriffstaktik gab. Gewöhnlich hatten die Piraten mit ihren kleinen, schnellen Schiffen aber keine Probleme die schwer beladenen Handelsschiffe einzuholen.

DER TOD ALS ZECHGENOSSE

Auf einer seiner beiden Flaggen prostet Bartholomew Roberts (S.39) dem Tod zu. Auf der anderen machte er seinem Hass auf die Inseln Barbados und Martinique Luft, indem er sich über zwei Totenschädeln darstellte, unter denen die englischen Abkürzungen für „Ein Kopf aus Barbados" und „Ein Kopf aus Martinique" stehen.

Piratenschätze

Wenn Piraten an Bord eines schwer beladenen Schiffs stürmten, hofften sie auf einen Laderaum voller Gold. Wenn sie Glück hatten, übertraf die Prise ihre kühnsten Erwartungen und machte sie zu wohlhabenden Männern. Als Thomas Tew (S.47) 1693 im Indischen Ozean ein Schiff aufbrachte, betrug die Beute für jedes Mannschaftsmitglied 3000 Pfund, eine für damalige Verhältnisse ungeheure Summe (ein englischer Seemann verdiente ein Pfund im Monat). Aber solch eine Beute war eher die Ausnahme. Meist waren nur kleine Schätze aufzuteilen oder man erbeutete eine sperrige Ladung, mit der man nichts anfangen konnte.

PRUNKDOLCH
Wenn die Ladung wertlos war, nahmen die Piraten den Passagieren die Besitztümer ab. Ein kunstvoller Dolch wie dieser war zum Kämpfen zu schade, aber er ließ sich gut verkaufen.

Kreuz mit rosa Saphiren

Smaragdsalamander

Heiligenbild aus Hämatit

Fächergriff aus Granatsteinen

SCHATZ GEHOBEN
Vergrabene Piratenschätze gehören ins Reich der Phantasie. William Kidd (S.46) aber vergrub auf Gardiner's Island vor Long Island/New York tatsächlich einmal einen großen Schatz.

„Stück von Achten" (spanischer Peso)

Gold-Dublone

SPANISCHES GOLD
Bevorzugte Beute waren Gold und Silber. Der Wert einer spanischen Gold-Dublone entsprach in etwa dem Lohn eines Matrosen für sieben Wochen. „Stücke von Achten" zerhackte man oft zu Kleingeld.

Rosa Saphir

Kreuz aus rosa Saphiren

Piraten brachen solche mehrfach verriegelten Truhen auf.

Englische Geldtruhe (Ende 16.Jh.)

Malachit

Goldener Siegelring

Rubin

Emaillekreuz

Granat

Amethyst

Großer Rubin

JUWELENWERTE
Edelsteine aufzuteilen war nicht einfach. 1721 erbeutete John Taylor beim Überfall auf einen Ostindienfahrer 4000 Pfund und 42 Diamanten für jeden seiner Piraten. Einer erhielt statt der 42 kleinen einen großen Diamanten. Unzufrieden mit seinem Anteil schlug er ihn mit einem Hammer in Stücke.

VERTEILUNG DER BEUTE

Piraten teilten ihre Beute mehr oder weniger gerecht auf, wobei der Anteil des Kapitäns und anderer „Offiziere“ etwas größer war. Der Zimmermann bekam manchmal etwas weniger, weil er nicht sein Leben riskierte. Ein übliches Verteilungssystem sicherte dem Kapitän das 2,5fache des einfachen Seemanns, dem Schiffsarzt das 1,25fache und dem Zimmermann nur drei Viertel eines Anteils. Schiffsjungen bekamen einen halben Anteil.

Halskette aus Amethysten und Diamanten (17.Jh.)

IHR GEWICHT WERT

Auf dem Bild rechts verladen Henry Avery und seine Leute schwere Schatzkisten, die von dem gekaperten indischen Schiff *Gang-i-Sawai* stammen. Die Beute soll 325.000 Pfund in Gold, Silber und Juwelen betragen haben. Der Anteil jedes Piraten betrug 2000 Pfund und Avery konnte sich nach diesem Coup zur Ruhe setzen.

PRISE

Wenn Kaperfahrer ein Schiff aufbrachten, mussten sie erst in ihren Heimathafen zurückkehren, bevor die Beute aufgeteilt wurde. Oft war aber die Kaperbesatzung berechtigt Passagiere und Besatzung auszuplündern, wobei ihnen solcher Schmuck in die Hände fiel.

TEURE PISTOLE

Waffen und Munition waren begehrte Piratenbeute.

Tigerauge *Saphir* *Rubin* *Rubine*

VERFÜHRERISCH

Kaperer waren eigentlich verpflichtet, die Beute dem Rang nach aufzuteilen. Kleine Schmuckstücke aber wanderten oft unbemerkt in die eigene Tasche.

LEBENSRETTEND

Auch Nahrung und Medizin waren begehrte Beute. Ein Piratenopfer berichtete 1720: „Kein Teil der Ladung war so begehrt bei den Räubern wie die Arztkiste, da sie alle Syphilis hatten.“

Schiffs-Arzneischränkchen (18.Jh.)

NIESPULVER

Um 1680, in der Blütezeit der Bukanier in Spanisch-Amerika, kam der Schnupftabak in Mode. Reiche Passagiere hatten oft wertvolle Tabaksdosen bei sich, die zu begehrten Plünderobjekten wurden.

Holländische Tabaksdose aus Messing

Granat *Opal*

Sklavenhandel

Wenn Piraten ein Handelsschiff enterten, bestand die Ladung oft aus hunderten von Afrikanern, die, im dunklen Laderaum zusammengepfercht, als Sklaven für die amerikanischen Kolonien bestimmt waren. Der Sklavenhandel war das Geschäft des 17./18. Jahrhunderts: Der Verkauf der Sklaven in Amerika brachte das 10- bis 15fache dessen ein, was sie in Afrika gekostet hatten. Diese Riesenprofite lockten die Piraten. Einige wurden Sklavenhändler, andere verkauften auf See erbeutete Sklaven weiter. Manche betätigten sich abwechselnd als Sklavenhändler, Kaperer und Piraten. Doch das Ende des Sklavenhandels war in Sicht. Großbritannien schaffte die Sklaverei 1833 ab und die neu gegründeten Vereinigten Staaten von Amerika zogen 1865 nach dem Bürgerkrieg nach.

GRAUSIGER KRAGEN
Solche Eisenkragen sollten Sklaven an der Flucht hindern. Zur Abschreckung drohten entflohenen Sklaven, die gefasst wurden, drakonische Strafen.

Schwere Kette

UNEHRENHAFTE KARRIERE
John Hawkins (1532–1595) erkannte als erster englischer Kaperkapitän, dass der Sklavenhandel ein gutes Geschäft war. 1562 unternahm er die erste von insgesamt drei Fahrten als Sklavenhändler. Sie führte über Westafrika, wo er 300 Sklaven an Bord nahm, nach Hispaniola, wo er die menschliche Fracht verkaufte.

BILLIG
Europäische Sklavenhändler kauften die Sklaven afrikanischen Stammeshäuptlingen ab. Als Bezahlung dienten Billigwaren oder solche Ringe aus Eisen, Messing oder Kupfer (Manillen), die in Westafrika Zahlungsmittel waren.

Manillen

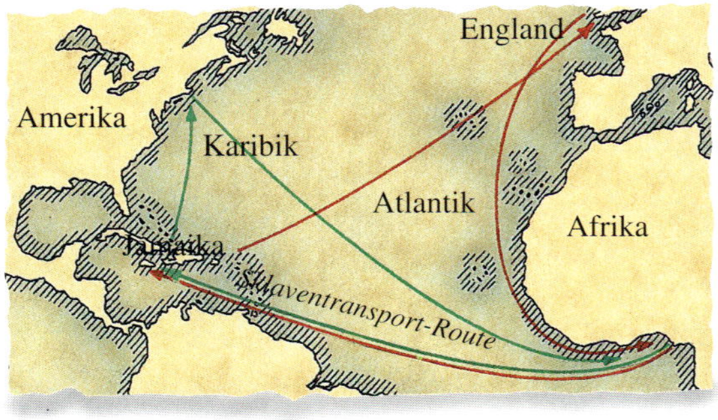

DREIECK DES SKLAVENHANDELS
Schiffe segelten mit Billigwaren an Bord von England oder Amerika nach Afrika, wo die Ladungen gegen Sklaven eingetauscht wurden. Weiter ging es in die Karibik. Auf Jamaika z.B. tauschte man die Sklaven gegen Zucker oder tropische Harthölzer; dann segelte man in den Heimathafen zurück. So machte man auf jeder Etappe der Reise Gewinn.

SKLAVEN-AUFSTAND
Da ein Schiff oft wesentlich mehr Sklaven als Besatzungsmitglieder an Bord hatte, fürchtete die Crew ständig einen Aufstand. Die Chancen, von einem Sklavenschiff zu entkommen, waren jedoch denkbar gering. Bessere Fluchtchancen hatten Sklaven auf den großen Plantagen.

Vier Eisenstangen standen vom Halseisen ab.

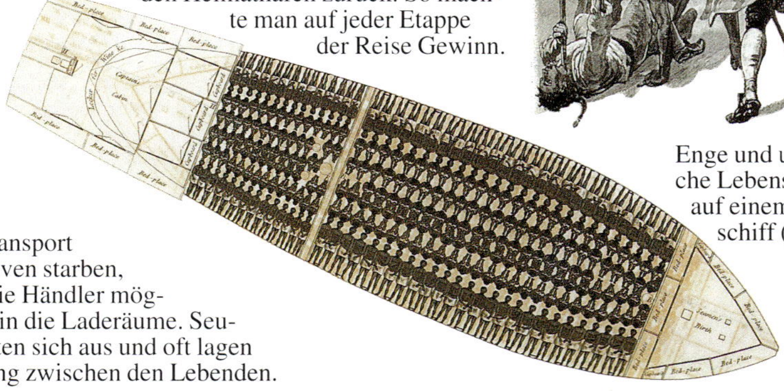

Enge und unmenschliche Lebensbedingungen auf einem Sklavenschiff (links)

Die Haken sollten sich im Gestrüpp verfangen und so die Flüchtenden behindern.

TOTEN-SCHIFF
Da beim Transport immer Sklaven starben, pferchten die Händler möglichst viele in die Laderäume. Seuchen breiteten sich aus und oft lagen Tote tagelang zwischen den Lebenden.

ZU TODE GESCHUNDEN

Zuckerrohrschneiden bei Tropenhitze war mörderische Arbeit. Da man Europäern diese Schinderei nicht zumuten wollte, mussten afrikanische Sklaven die Arbeit verrichten. Viele arbeiteten sich buchstäblich zu Tode.

Halseisen

IN KETTEN

Rebellische Sklaven kettete man aneinander und ließ sie so ihre Arbeit verrichten.

BERÜCHTIGTER SKLAVENHÄNDLER

Piraten überfielen oft westafrikanische Sklavenhäfen. Dieser Stich zeigt den englischen Piraten Bartholomew Roberts (1682–1722) in Whydah vor seinen eigenen beiden Schiffen und elf aufgebrachten Sklavenschiffen. Roberts' Seeräuber-Laufbahn begann 1719, als der Hafen, in dem er gerade Sklaven verlud, von Piraten überfallen wurde, die ihn mit Gewalt an Bord ihres Schiffs pressten und bald zu ihrem Kapitän wählten.

Die Eisenstange war am Boden des Laderaums befestigt.

Das Eisen umschloss den Knöchel.

Meist waren mehrere Sklaven an eine Eisenstange gekettet.

FUSSFESSELN

Die Sklaven waren an Bord der Schiffe angekettet. Damit verhinderte man Revolten und Selbstmorde. So konnten sich die Sklaven aber auch bei Piratenangriffen nicht zur Wehr setzen.

Der eiserne „Halskragen“ war eine Qual.

LIEBER PIRAT ALS SKLAVE

Piratenkapitäne nahmen gern entlaufene Sklaven auf und manche Piratenmannschaften bestanden zu einem Drittel aus entflohenen Sklaven. Verglichen mit dem elenden Sklavenleben eröffnete das Überlaufen zu den Piraten angenehme Aussichten.

DER PREIS FÜR DEN ZUCKER

Die Arbeit auf den Zuckerplantagen von Antigua (Insel der Kleinen Antillen) war kaum so angenehm, wie dieses Bild glauben macht. Die Sklaven schufteten sechs Tage die Woche zehn Stunden täglich. Schlief jemand ein, riskierte er den Verlust von Gliedmaßen in einer Zerkleinerungsmaschine oder Verbrennungen am kochenden Sirup.

Lederpeitsche

Grifffüberzug aus Stoff

Die Peitsche hing am Gürtel des Aufsehers.

HARTE STRAFEN

Sklaven, die von einer Plantage auf ein Piratenschiff flüchteten, entkamen einer Welt voll Grausamkeit. Kleinste Vergehen wurden mit der Peitsche bestraft und die Sklaven dabei nicht selten zu Krüppeln geschlagen.

Leben auf See

Das Leben an Bord eines Piratenschiffs war nicht immer aufregend. Immer wieder gab es Wochen zermürbender Langeweile. Kein Wunder, dass es dann Streit gab. Wollte ein Piratenkapitän die Kontrolle über seine Mannschaft behalten, musste er ihnen entweder Respekt oder Angst einflößen. Viele Piratenmannschaften lebten nach demokratischen Grundsätzen. Konnte man sich nicht auf einen Kurs einigen, wurde abgestimmt. Auch der Kapitänsposten war nicht sicher. War die Mannschaft nicht mehr zufrieden mit ihrem Kapitän, wurde ein neuer gewählt. Auf diese Weise übernahm Bartholomew Sharp (S.24) 1680 das Kommando auf einer Enterfahrt.

NEUNSCHWÄNZIGE KATZE
Ungehorsam auf See wurde mit der „neunschwänzigen Katze" bestraft. Der Seemann, der ausgepeitscht werden sollte, musste sie selbst herstellen, indem er die neun Stränge eines Seils mit je einem Knoten versah. Die Peitsche wurde nur einmal verwendet: Bei mehrmaligem Gebrauch hätten die blutigen Schnüre Infektionen hervorgerufen.

Das verknotete Ende eines Stranges

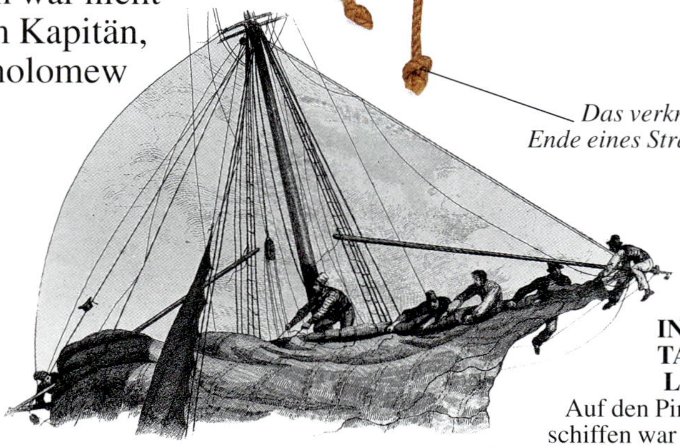

IN DIE TAKELAGE
Auf den Piratenschiffen war Muskelarbeit gefragt. Damit das Schiff Fahrt bekam, mussten sich alle in die Leinen legen und Segel und Takelage immer wieder neu anordnen.

Das Segeltuchetui wurde zusammengerollt.

Instrument zum Entfernen von Kugeln aus Schusswunden

Scharfes Messer für schnelle Schnitte

UNTERM MESSER
Piraten schätzten einen Arzt an Bord, aber bei ernsthaften Verletzungen konnte er kaum mehr tun als die Wunde zu nähen. Operative Eingriffe führten oft zu tödlichen Infektionen. Neben solch einer Ausrüstung hatte ein Arzt immer eine Säge zur Amputation zertrümmerter Gliedmaßen bei sich.

Gewachster Baumwollfaden

Daumenöffnung

FLICKARBEIT
Reparaturarbeiten nahmen viel Zeit in Anspruch. So mussten z.B. die Segel ständig geflickt werden. Wenn die Piraten die Nadeln durch die starken Hanfseile bohrten, trugen sie solch einen ledernen Handschutz.

AUSBESSERN ODER STEHLEN?
Alle Seeleute konnten Taue flicken, aber Piraten zogen es vor, Ersatz zu stehlen. Als Bartholomew Roberts (S.31) die *King Solomon* aufbrachte, stahl seine Crew Taue und Segel und warf die Ladung über Bord.

NACH DEM STURM
Nach einem Sturm oder Kampf mussten Taue und Segel repariert werden. Basil Ringrose (S.26) beschreibt, wie seine Leute 1679 aus einigen Stücken Osnabrücker Leinwand von einer spanischen Prise Bramsegel herstellten.

Marlspieker zum „Spleißen" von Tauwerk

Durch „Spleißen" stellte man dauerhafte Tauverbindungen her, z.B. bei gerissenen Seilen.

Die sauberen Schnüre deuten darauf hin, dass diese „Katze“ nie benutzt wurde.

Ein Stoffbezug um das Tau bildet den Peitschenstiel.

AUSPEITSCHEN
Wenn die Piraten ein Schiff kaperten, behandelten sie die Offiziere häufig so, wie diese vorher ihre Untergebenen behandelt hatten. Kapitänen, die kleinere Vergehen hart ahndeten, wurde dies an Bord des Piratenschiffs mit gleicher Münze heimgezahlt.

Piratenvertrag

Einige Piratencrews hatten Regeln, deren Einhaltung alle gelobten. Dieses Beispiel stammt aus einem Piratenbuch von Charles Johnson (18.Jh.):

I Jeder hat bei anstehenden Entscheidungen Stimmrecht; jeder hat das gleiche Anrecht auf frischen Proviant und Schnaps.

II Niemand darf um Geld spielen, weder mit Würfeln noch mit Karten.

III Lichter und Kerzen müssen um acht Uhr abends gelöscht werden.

IV Gewehr, Pistolen und Entermesser sind jederzeit sauber und gefechtsbereit zu halten.

V Weder Knabe noch Frau ist bei der Mannschaft erlaubt.

VI Wer das Schiff während eines Kampfes verlässt, wird mit Tod oder Aussetzen bestraft.

Rahnock

Schwenkbare Kanonen (Drehbassen) waren schnell schussbereit, aber ihre Reichweite war kurz.

Britische Handelsflagge als eine von vielen, die das Schiff hisste

Kapitän und Offiziere hatten Kabinen am Heck.

Fässer mit Trinkwasser (oder Steine und Kies) zur Stabilisierung

Unter Deck war es eng, da zusätzliche Piraten für gekaperte Schiffe an Bord waren.

PIRATEN-FLAGGSCHIFF
Für Überfälle in Küstennähe eigneten sich kleine, schnelle Piratenschaluppen. Aber für Überseefahrten bevorzugten die Piraten wegen ihrer Seetüchtigkeit Dreimast-Rahsegler wie diesen. Allein durch seine imponierende Größe schüchterte dieses Schiff manches Opfer fürchterlich ein. Diese Zeichnung basiert auf dem einzigen bekannten Wrack eines Piratenschiffs, der *Whydah*, die 1717 vor der Küste von Massachusetts sank.

SCHIFFSRATTE
Ratten an Bord waren nicht nur lästig, sondern auch gefährlich. Sie fraßen Vorräte, verbreiteten die Pest und nagten Löcher in den hölzernen Rumpf.

Seeräuberschmaus

Das Essen an Bord war meist karg – wenn man überhaupt Frischfleisch hatte, war es häufig Schildkröte. Fing man keine Schildkröten oder Fische, ernährten sich die hungrigen Piraten von Zwieback oder Dörrfleisch, das sie mit Bier oder Wein hinunterspülten. Wenn die Seeräuber aber Schiffbruch erlitten oder in eine Flaute gerieten, mussten sie Hunger leiden, sodass sie sogar aus Lederwaren eine Mahlzeit bereiteten. Es gibt auch Berichte über Kannibalismus: In äußerster Not soll die Mannschaft Charlotte de Berrys (S.33) zwei schwarze Sklaven und dann ihren Mann gegessen haben!

SCHMACKHAFTER THUNFISCH
Basil Ringrose beschrieb in seinem Bukanier-Tagebuch den Fischreichtum der Karibik: „Die See hier wimmelt von den verschiedensten Fischarten wie Delphinen (er wusste nicht, dass Delphine Säugetiere sind), Blaufischen, Weißem Thunfisch, Meeräschen und Hornfischen, die in ganzen Schwärmen um unser Schiff schwimmen."

MIT UND OHNE KEULE
Die Piraten blieben möglichst dem Festland fern. Auf abgelegenen Inseln waren die Tiere und Vögel nicht an die Jagd gewöhnt und oft so zahm, daß man sie mit bloßen Händen fangen konnte.

Hier jagen Seeleute des 16.Jh.s mit Keulen Tauben.

GUTEN APPETIT!
1670 aßen die Bukanier Henry Morgans ihre Taschen. Einer hinterließ ein Rezept: „Schneide das Leder in dünne Scheiben, dann weich es ein, schlage es und reibe es zwischen Steinen, um es mürbe zu machen. Kratz die Haare ab und brate es. Schneide es in kleine Stücke und serviere es mit viel Wasser."

PROVIANT AUFNEHMEN
Weitab vom nächsten Hafen versorgten sich die Piraten auf Inseln mit neuem Proviant. Diese Bukanier füllen ihre Vorräte an Frischfleisch, Wasser und Holz wieder auf. In seinem Bukanier-Tagebuch berichtet Basil Ringrose u.a., wie seine Mannschaft auf einer Insel an Land ging, um die Takelung auszubessern und wilde Ziegen zu fangen.

SCHILDKRÖTENFÄNGER
Kapitän Johnson (S.61) schreibt über den Fang von Schildkröten, dass man die Tiere, wenn sie an Land kamen, auf den Rücken drehte. Später konnte man sie dann aufsammeln, denn in dieser Lage konnten sich die Schildkröten weder umdrehen noch fortbewegen.

Der Panzer macht die Schildkröte an Land sehr schwerfällig.

Flossenartige Paddelbeine

PIRATENBEUTE
Schildkröten, eine der wenigen Frischfleischquellen für Piraten, gab es in der Karibik reichlich. Wendig im Wasser, aber schwerfällig an Land, waren sie für die hungrigen Seeräuber eine leichte Beute. Auf dem Schiff konnte man die Schildkröten bis zum Verzehr am Leben und damit frisch halten. Ihre Eier galten als Delikatesse.

FRISCHE EIER
Wie andere Schiffe des 17./18. Jh.s hatten auch Piratenschiffe Hennen an Bord, die frische Eier und Geflügelfleisch lieferten.

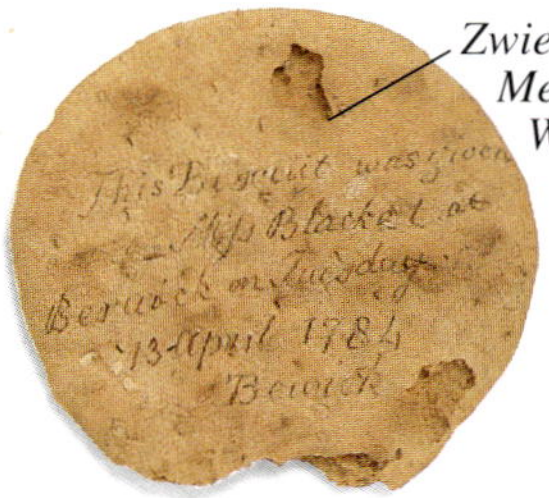

Zwieback aus Mehl und Wasser

MADENZWIEBACK
Haltbarer, steinharter Schiffszwieback war die Hauptnahrung der meisten Seeleute. Er war oft von Kornkäfern befallen und saß dann voll schwarzköpfiger Maden, sodass ihn viele Piraten nur im Dunkeln aßen.

VORBEUGEN IST BESSER
Die magere Kost auf den langen Reisen führte zu Erkrankungen, z.B. der Vitamin-C-Mangelkrankheit Skorbut. 1753 entdeckte man, dass frische Zitrusfrüchte, besonders Limonen, Skorbut vorbeugen.

Flasche für Wein oder Brandy, die Lieblingsgetränke der Piraten

Hühnerei, eine wichtige Eiweißquelle

PIRATEN-GESCHIRR
Piraten aßen zwar von Tellern wie diesem, aber ihre Tischmanieren waren nicht die besten. Exquemelin (S.60) schreibt über die Bukanier: „So groß war ihr Hunger, dass sie mehr Kannibalen glichen als Europäern..., das Blut lief ihnen oftmals an den Bärten herunter."

Blechteller aus einer Blei-Zinn-Legierung

Das wertvolle Messer war vielleicht Beute von einem anderen Schiff.

Die Gabel konnte man in den Griff klappen, sodass sie gut in eine Tasche passte.

NICHT MIT MESSER UND GABEL
Obwohl Gabeln nicht unbekannt waren, aßen viele Piraten nur mit Messern und Löffeln oder gleich mit den Fingern.

EINE FLASCHE BIER
Trinkwasser verdarb an Bord sehr schnell. Daher zogen Seeleute Bier als Getränk vor. Selbst Marineschiffe lagerten es fässerweise ein.

Da sie keine Öffner hatten, schlugen Piraten den Flaschenhals mit einem Entermesser ab.

Irdene Bierflasche (17. Jh.)

NUR BEI GUTEM WETTER
Kapitän Kidds (S.46) Schiff, die *Adventure Galley* (unten), hatte statt einer Kombüse nur einen großen Kessel, den man bei rauher See nicht benutzen konnte.

EIN HUMPEN GROG
Mit einem kräftigen Schluck aus solch einem Zinnhumpen wurde auch schlechtes Essen genießbar.

Leben an Land

Monatelang auf einem stinkenden, manchmal sogar seeuntüchtigen Schiff zusammengepfercht, hatten die Piraten genügend Anlass und viel Zeit vom Leben an Land zu träumen. Kamen sie in einen Hafen, hatten sie oft genug Geld sich jeden Wunsch zu erfüllen, aber viele brachten ihr Geld mit Trinkgelagen, Frauen und Glücksspielen durch. Es kam vor, dass Piraten in einer Nacht 3000 „Stücke von Achten“ ausgaben, bis sie kein Hemd mehr am Leibe hatten. Da man schon für zwei „Stücke von Achten“ eine Kuh kaufen konnte, verjubelten diese Piraten also in einer Nacht den Gegenwert eines ganzen Bauernhofs. Aber das Leben an Land bedeutete nicht nur Vergnügen. Es gab auch viel Arbeit: Die Mannschaft musste das Schiff kielholen (so weit neigen, dass der Kiel aus dem Wasser ragte), reinigen und reparieren. Denn es war lebenswichtig, dass das Schiff seetüchtig blieb. Außerdem galt es neuen Proviant und frisches Trinkwasser für den nächsten Raubzug an Bord zu schaffen.

KÄUFLICHE LIEBE
Da Frauen auf den meisten Piratenschiffen nicht zugelassen waren, solange sie unterwegs waren, suchten viele Seeräuber nach langer Reise weibliche Gesellschaft. Im Hafen kamen dann häufig Frauen an Bord, die den Männern gegen einen Teil der Beute Gesellschaft leisteten.

Dieses schwere Werkzeug wurde mit beiden Händen geführt.

Dechsel

Meißelähnliches Eisen zum Entfernen von Seepoken und Algen

Ein Kapitän und drei seiner Männer rasten an Land, während ihr Schiff kielgeholt wird.

KIELHOLEN UND REINIGEN
Algen und Seepocken setzten sich überall am Schiffsboden fest. Das bremste die Schiffe. Schiffsbohrmuscheln durchlöcherten den Rumpf, was die Schiffe zum Sinken brachte. Um dem vorzubeugen, wurden die Piratenschiffe regelmäßig an Land gezogen, gereinigt und ausgebessert.

Holzhammer zum Eintreiben der Kalfateisen

Kalfathammer

Stoßeisen

Breite Klinge zum Spalten brüchiger Plankennähte

Zwei Kalfateisen

Mit diesem schrägen Eisen hackte man altes Werg aus den Fugen.

Die schmale Klinge des Kalfateisens trieb das neue Werg zwischen die Planken.

Pechkelle

Trichterförmige Spitze

SCHIFFSWERKZEUGE
Damit die Schiffe seetüchtig blieben, mussten die Seeleute sie in Stand halten. Dazu benutzten sie solche Werkzeuge. Wichtig war vor allem das Kalfatern (Abdichten der Fugen zwischen den Planken). Die alten Fugen wurden gereinigt, mit alten Seilen oder Kalfaterwerg gefüllt und mit heißem Pech ausgegossen.

Silberrand

LEDERHUMPEN
Hafenspelunken schätzten die durstigen Piraten als Gäste, die mit Unmengen von Bier und Wein den Salzgeschmack aus ihren Kehlen spülten. Vielleicht tranken sie aus solchen Lederkrügen, die mit Pech überzogen waren, um sie wasserdicht zu machen.

NÄCHTLICHE LUSTBARKEITEN
Auf diesem Bild feiern die Piraten von Blackbeard (S.30–31) und Charles Vane auf der Insel Ocracoke ein nächtliches Gelage. Piraten waren nicht in allen Häfen willkommen und so tauchten sie in bekannten Schlupfwinkeln unter.

Spielkarten aus dem 17.Jh., die an ein politisches Komplott erinnern

Holzwürfel

GEZINKTE KARTEN
Spiele um Geld waren an Bord vieler Piratenschiffe verboten, weil es dabei oft Streit gab. An Land verloren Piraten beim Spiel mit gezinkten Karten leicht ihren Anteil an einer Prise.

VERSCHWENDER
In vielen Häfen waren die Piraten gern gesehen, weil sie oft viel Geld für wertlose Dinge ausgaben.

BUKANIER-STÜTZPUNKT
Port Royal in Jamaika (oben) zog die Piraten des 17.Jh.s magisch an. Die britischen Gouverneure betrachteten ihre Anwesenheit auf der Insel als Schutz vor Angriffen der Spanier. 1692 wurde Port Royal durch ein Erdbeben zerstört, was man als Strafe Gottes für diese verdorbene Stadt ansah.

EIN PFEIFCHEN IN EHREN…
Pfeife rauchen war ein Luxus, den sich Piraten nur an Land leisten konnten. An Bord der leicht entflammbaren Holzschiffe gab es nur Kautabak.

Der Tonpfeifenstiel ist abgebrochen.

Der Deckel hielt die Fliegen ab.

HOCH DIE TASSEN
Da Glas teuer und zerbrechlich war, schenkten Gastwirte ihre Getränke in solchen Zinnkrügen aus, die selbst das wildeste Trinkgelage heil überstanden.

…UND 'NE BUDDEL VOLL RUM
Piraten tranken praktisch jedes alkoholische Getränk und viele waren an Land niemals nüchtern. Ein berühmt-berüchtigter Trinker soll einmal ein riesiges Faß Wein gekauft und auf der Straße aufgestellt haben. Dann soll er jeden Passanten unter Androhung ihn niederzuschießen gezwungen haben, mit ihm zu trinken.

Alkoholflaschen (17.Jh.)

AM UFER DES CALABAR
Da die Piraten beim Kielholen ziemlich schutzlos waren, suchten sie sich dafür einsame Buchten. Ein günstiger Ort war das für Kriegsschiffe zu seichte, schilfige Ufer des Calabar an der Küste von Guinea/Afrika. Auf dem Bild oben erholt sich die Crew von Bartholomew Roberts (S.39) vom Kalfatern des Schiffs.

Piraten im Indischen Ozean

Ostindienfahrer

Als die Profite in Spanisch-Amerika (S.20) zurückgingen, verlegten viele Piraten ihre Raubzüge in den Indischen Ozean. Dort lockten die Schatzflotten des indischen Moguls und die großen Handelsschiffe der britischen, französischen und holländischen Ostindiengesellschaften. Die meisten Piraten nahmen Kurs auf Madagaskar. Da diese Insel an den europäischen Handelsrouten nach Indien und auf dem Weg muslimischer Pilger ins Rote Meer lag, war sie ein idealer Standort für die Räuber. Piraten wie Kidd und Avery wurden bald reich und berühmt. Aber ihre Aktivitäten schadeten dem Handel und brachten die Inder gegen die Europäer auf, sodass die Regierungen schließlich gegen die Piraten vorgehen mußten.

Kapitän Kidd vergräbt seine Familienbibel.

KAPITÄN KIDD
Der schottische Pfarrerssohn und New Yorker Geschäftsmann William Kidd (um 1645–1701) wurde zur Piratenjagd in den Indischen Ozean geschickt. Unter dem Druck seiner Mannschaft machte er sich aber selbst der Piraterie schuldig. Dafür wurde er gehängt.

GUTE HOFFNUNG FÜR PIRATEN
Nach Umsegeln des Kaps der Guten Hoffnung gab es für die europäischen Handelsschiffe zwei Wege nach Indien und China. Beide führten nur wenige hundert Meilen vor Madagaskar vorbei.

Die Webeleinen der Wanten bilden Strickleitern, auf denen die Matrosen in die Takelage klettern konnten. Von da waren Piratenangriffe besser abzuwehren.

GLITZER
Auf indischen Schiffen befanden sich oft viele Edelsteine. Als Averys Männer die *Gang-i-Sawai* enterten, erbeuteten sie neben Edelsteinen auch einen Sattel und ein mit Rubinen besetztes Zaumzeug.

OSTINDIENFAHRER
Eine bevorzugte Piratenbeute waren die mit Luxusgütern beladenen großen Handelsschiffe, die im 17./18.Jh. zwischen Europa und Asien pendelten. Auf der Reise nach Asien bestand ihre Fracht aus Gold und Silber, zurück nach Europa fuhren sie mit feinem Porzellan, Seide und Gewürzen.

UNBEZAHLBARES PORZELLAN
Chinesisches Porzellan wurde im Europa des 17./18.Jh.s hoch gehandelt. Seit der Eröffnung eines britischen Handelsstützpunktes in Kanton (1684) brachten die Ostindienfahrer Tonnen feinsten Porzellans in die westliche Welt.

Im Kampf standen die Seeleute auf dem Großmars und feuerten auf das Piratenschiff.

Zur Verteidigung gegen Piraten schwer bewaffnet

Der große Laderaum für sperrige Güter und viel Proviant machte das Schiff schwerfällig.

WIE IM PARADIES
Auf der exotischen Tropeninsel Madagaskar lebten die Piraten wie Fürsten. Kapitän Johnson (S.61) schreibt: „Sie heirateten die hübschesten unter den Eingeborenenfrauen, und zwar nicht nur eine oder zwei, sondern so viele sie wollten.“

PIRATENRUHM
Den Engländer Henry Avery (1665– um 1728) machte sein Überfall auf die *Gang-i-Sawai* bekannt. Das Schiff brachte Pilger und Schätze aus Surat nach Mekka. Die brutale Behandlung der Passagiere erboste den Mogul, und er forderte von der britischen Regierung Vergeltungsmaßnahmen.

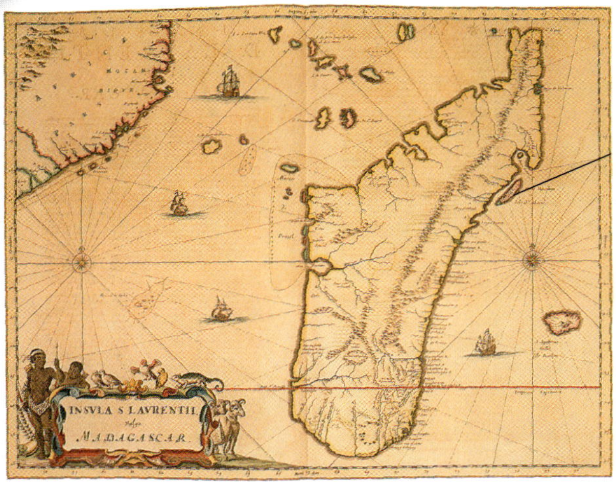

Die Insel Ste. Marie

PIRATENSTÜTZPUNKT
Eher ein kleiner Kontinent als eine Insel, war Madagaskar ein idealer Schlupfwinkel im Indischen Ozean. Gegen Ende des 17.Jh.s lebten auf der wilden Tropeninsel keine Europäer, sodass Geächtete auf ihr sicher waren. Dennoch errichteten die immer wachsamen Piraten auf der Insel Ste. Marie vor der madagassischen Nordostküste eine gut zu verteidigende Festung.

EDELPIRAT
Der Amerikaner Thomas Tew segelte von Nordamerika zum Indischen Ozean und kehrte mit so reicher Beute zurück, dass er zur Berühmtheit wurde. Hier unterhält er den New Yorker Gouverneur mit seinen Reiseabenteuern. 1695 wurde Tew bei dem Versuch ein indisches Schiff zu entern getötet.

Tee

Gewürznelken

Pfeffer

ZU VIEL WÜRZE
Piraten kippten erbeutete Gewürze oft ins Meer, da sie schlecht zu transportieren und schwer verkäuflich waren. 1720 soll ein madagassischer Strand knöchelhoch mit Pfeffer und Nelken bedeckt gewesen sein.

Muskatnüsse

Zimtstangen

Grüne Kaffeebohnen

GENUSSMITTEL
Obwohl Kaffee- und Teeladungen in Europa gute Gewinne erzielten (1700 kostete ein Pfund Tee mehr, als ein Arbeiter in zwei Wochen verdiente!), bevorzugten Piraten Wein und Brandy als Beute. Nur Bartholomew Roberts (S.39) zog Tee dem Alkohol vor. Er wusste, dass Trunkenheit die Sicherheit der Schiffe gefährdete.

Ausgesetzt

DER SCHIFFBRÜCHIGE
Die unverschuldete Einsamkeit eines Schiffbrüchigen war nicht weniger qualvoll als die eines Ausgesetzten. Beiden blieb nur die Hoffnung auf Rettung.

Piraten, die ihre Kameraden bestohlen hatten oder während eines Kampfes vom Schiff geflüchtet waren, wurden allein auf einer Insel ausgesetzt. Hilflos mussten sie zusehen, wie ihr Schiff in der Ferne verschwand. Eine unbewohnte Insel glich einem Gefängnis ohne Wände, denn aufgrund der Weite des Meeres war die Aussicht auf Flucht oder Rettung sehr gering. Obwohl man den Ausgesetzten einige Nahrungsmittel gab, starb den Hungertod, wer nicht jagen oder fischen konnte. Aber es waren nicht nur Ausgesetzte, die sich auf abgelegenen Inseln wiederfanden. Wenn in Kämpfen beschädigte, leck gelaufene Piratenschiffe sanken, traf die Überlebenden das gleiche einsame Schicksal.

NUR DAS NÖTIGSTE
Nach den Regeln von Kapitän John Phillips wurde ein ausgesetzter Pirat versorgt mit: „einer Flasche Schießpulver, einer Flasche Wasser, einer kleinen Waffe und Munition". Aber der Unglückliche hatte nichts zum Kochen und zum Anziehen. Ein freundlicher Pirat gab einmal heimlich einem Ausgesetzten eine Schachtel mit Utensilien zum Feuermachen – in jener Situation ein wertvolleres Geschenk als Gold oder Juwelen.

VERTEIDIGUNG
Zur Abwehr wilder Tiere war eine Pistole besser, zum Jagen eine Muskete.

GNADENFRIST
Die Wasserration in so einer Flasche reichte für ungefähr einen Tag. Bis dahin musste man Trinkwasser gefunden haben.

ALEXANDER SELKIRK
1704 ließ sich Alexander Selkirk (1676–1721) wegen Unstimmigkeiten an Bord auf eigenen Wunsch auf einer kleinen Insel westlich von Chile aussetzen. Zu seiner Unterhaltung zähmte er dort Wildkatzen und Wildziegen und brachte ihnen das Tanzen bei.

DIE VERGESSENE INSEL
Die Heimat Alexander Selkirks war von 1704 bis 1709 Más à Tierra, eine kleine Insel der Juan-Fernandez-Gruppe (im Südpazifik, 640 km westlich von Chile). Dort gab es Trinkwasser und es wimmelte von wilden Schweinen und Ziegen. Selkirk ernährte sich vorwiegend von Ziegenfleisch und Palmkohl und kleidete sich in Ziegenfelle. Als er gerettet wurde, war er zerlumpt und schmutzig, aber nicht glücklich darüber, seine Insel verlassen zu müssen.

ROBINSON CRUSOE
Der wohl bekannteste Bewohner einer einsamen Insel ist die Schöpfung des englischen Schriftstellers Daniel Defoe (1660–1731). Seine Geschichte beruht auf dem Leben des Alexander Selkirk, aber Defoe gab Crusoe den „Wilden" Freitag zum Gefährten. Crusoe lebte 28 Jahre auf seiner Insel und schrieb in sein Tagebuch: „Abgesehen von meiner Einsamkeit führte ich ein glückliches Leben."

EINSAM UND VERLASSEN
Auf diesem Bild von Howard Pyle (Ende 19.Jh.) wartet ein Ausgesetzter auf den Tod. Doch Ausgesetzte hatten gar keine Zeit mit dem Schicksal zu hadern. Überlebende schilderten, wie die Suche nach Nahrung und Wasser oder der Bau einer Behausung sie in Atem hielt.

Schießpulver

Musketenkugeln

Pulverhorn

SCHIFFBRUCH ERLEIDEN
Wenn Piraten ein gekapertes Schiff übernahmen, das seeuntüchtig war, fanden sie sich schnell als Schiffbrüchige an einem unbewohnten Strand wieder. Das gleiche konnte geschehen, wenn sie betrunken waren und die Navigation vernachlässigten.

GUTMÜTIGKEIT ZAHLT SICH NICHT AUS
Der englische Piratenkapitän Edward England (?–1720) überwarf sich mit seiner Mannschaft, weil er den Kapitän eines gekaperten Schiffs freiließ, und wurde zusammen mit zwei Getreuen auf der Insel Mauritius ausgesetzt. Die drei sollen in einem selbst gebauten Boot nach Madagaskar geflüchtet sein, wo Edward England bald darauf starb.

ZIEMLICH KNAPP
Das Pulver aus solch einem Horn war schnell verschossen. Danach musste der Ausgesetzte erfinderisch sein. 1718 auf den Bahamas ausgesetzte Seeleute berichteten nach ihrer Rettung, dass sie sich von Beeren, Schalentieren und Stechrochen ernährt hatten, die sie mit zugespitzten Stöcken aufspießten.

Französische Korsaren

DUGUAY-TROUIN
Der bekannteste französische Korsar, René Duguay-Trouin (1673–1736), kommandierte schon mit 21 Jahren ein Schiff mit 40 Kanonen und 200 Mann Besatzung. In 23 Jahren brachte er 16 Kriegsschiffe und 300 Handelsschiffe auf.

Für die Franzosen war Saint-Malo die „Korsarenstadt“, für die Engländer ein „Wespennest“. Die Korsaren haben Geschichte und Gesicht Saint-Malos geprägt und das bretonische Hafenstädtchen reich gemacht. Für viele Einheimische war das Korsarentum ein Gewerbe mit Familientradition, das vom Vater auf den Sohn überging. Französische Korsaren gab es seit dem 9. Jahrhundert, als Handelsschiffe der Bretagne sich gegen plündernde Wikinger bewaffneten. Als die Bedrohung durch die Wikinger im 11. Jahrhundert endete, gab es keinen Mangel an neuen Zielen, da Frankreich praktisch immer irgendwo Krieg führte. Meist war England das Ziel. 1693 bauten die Briten ein Branderschiff, um das „Wespennest“ auszuräuchern. Ein kleiner Teil ihrer Bombenladung explodierte mit lautem Knall, das einzige Opfer auf französischer Seite soll aber nur eine Katze gewesen sein. Gedemütigt segelte die englische Flotte davon und die Korsaren konnten ihre Beutezüge ungehindert fortsetzen.

Marmorstandbild von René Duguay-Trouin, einem der berühmtesten Söhne der Stadt Saint-Malo

PISTOLEN EINES KORSAREN
Robert Surcouf war nicht nur ein genialer Korsar, sondern auch ein außergewöhnlich tapferer Mann. Seine ansehnlichen Pistolen waren nicht nur Zierde. Einmal kämpfte er gegen zwölf preußische Soldaten und siegte.

Die Kratzer zeigen, dass die Waffe häufig benutzt wurde.

Hübsche Schaftkappe in Form eines Adlers

Surcoufs Name (gerade noch erkennbar) auf dem Abzugbügel

Surcoufs Steinschlosspistolen

HELDEN DER MEERE
Die französischen Korsaren waren Nationalhelden, nach ihnen benannte man Straßen und Schiffe. Sie genossen Ansehen, weil sie für Frankreich kämpften, aber auch weil ihre Kaperfahrten große Gewinne erbrachten, die viele Bretonen reich machten. Selbst der Bischof von Saint-Malo investierte in ihre Unternehmungen. Diese Galionsfigur stellt Duguay-Trouin dar.

Galionsfigur (17.Jh.)

DÜNKIRCHEN
Dünkirchen, Jean Barts Heimatstadt, war in dessen Jugend heiß umkämpft: Es gehörte nacheinander zu Spanien, Frankreich und England. Schließlich wieder in französischer Hand, wurde es zu einem Korsarenstützpunkt, der Saint-Malo Konkurrenz machte.

JEAN BART
Jean Bart (1651–1702) machte im Ärmelkanal und auf der Nordsee Jagd auf Schiffe. Einmal floh er aus englischer Gefangenschaft, indem er 150 Meilen in einem kleinen Boot ruderte.

ROBERT SURCOUF
Der in Saint-Malo geborene Robert Surcouf (1773–1827, links) übte das Korsarenhandwerk fern der Heimat aus. Von der zu Frankreich gehörenden Insel Mauritius im Indischen Ozean aus überfiel er britische Handelsschiffe auf dem Weg nach Indien.

KAMPF UM DIE *KENT*
Surcoufs größter Coup war die Kaperung des britischen Kriegsschiffs *Kent*. Dieses Bild zeigt, wie Surcoufs Männer von dem viel kleineren Schiff *Confiance* aus das mit 38 Kanonen bestückte Schiff entern. Ein Engländer spottete, dass die Franzosen nur wegen des Gewinns, die Engländer aber um der Ehre willen kämpften, worauf Surcouf antwortete: „Das beweist nur, dass jeder von uns etwas erlangen möchte, was er nicht besitzt.“

Gewehrlauf aus Messing

Ladestock

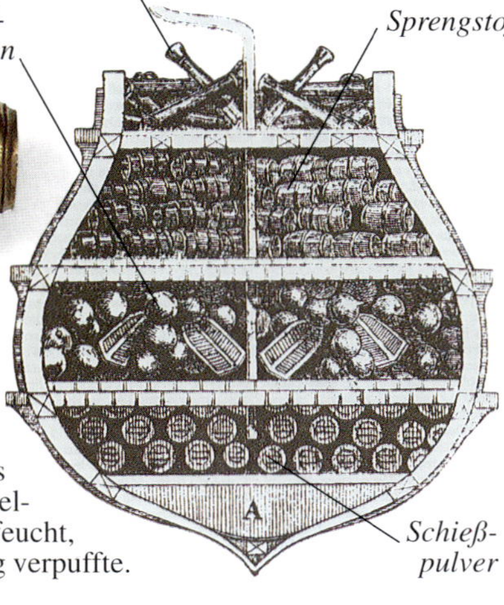

EIN HÖLLISCHES FIASKO
Dieses mit Sprengstoff gefüllte Branderschiff (rechts) schickten die Engländer als tödliche Waffe gegen die Einwohner von Saint-Malo. Es hielt Kurs auf die Stadtmauer. Aber als die Nacht des Angriffs kam, rammte es einen Felsen, Wasser drang ein, das Schießpulver wurde feucht, und das Gros der hochexplosiven Ladung verpuffte.

DAS GROSSE GELD
Das Geschäft der *armateurs*, der Reeder und Förderer der Korsaren, florierte. Im 18.Jh., als dieses Bild entstand, waren sie so wohlhabend, dass sich sogar der französische König Ludwig XIV. (1643–1715) bei ihnen Geld borgte.

Amerikanische Kaperer

Im Nordamerikanischen Unabhängigkeitskrieg (1775–1781) zeigte sich die Macht der Kaperschiffer mehr als in jedem Krieg zuvor. Die amerikanische Marine bekämpfte das englische Mutterland mit nur 34 Schiffen, aber 13mal so viele Kaperkapitäne legten mit ihren Angriffen auf Handelsschiffe den Handel nahezu lahm. Ein englischer Berichterstatter klagte: „... der gesamte Handel mit Amerika ist zum Erliegen gekommen ... sieh dir unsere Docks an; zähle die prächtigen Schiffe, die dort abgetakelt und nutzlos liegen." Wie in früheren Kriegen bezeichneten diejenigen, deren Schiffe gekapert wurden, ihre Gegenspieler – auch Offiziere der Marine wie John Paul Jones – als Piraten. Als nach der Unabhängigkeitserklärung wieder Krieg mit England ausbrach (1812), versuchten die neugegründeten USA noch einmal, ihre Seemacht mit Hilfe ihrer Kaperkapitäne auszubauen. Aber deren schnelle Schiffe waren nicht mehr so erfolgreich wie damals, als die Mannschaften für ihr Land die Unabhängigkeit erkämpften.

SCHNEIDIGER SEEHELD
Für die Engländer war der gebürtige Schotte John Paul Jones ein Pirat, in den USA galt er als Held. Mit einem alten französischen Schiff, das Benjamin Franklin für ihn erstanden hatte, der eben noch schwimmfähigen *Bonhomme Richard*, kaperte er nach kurzem Gefecht das englische Kriegsschiff *Serapis*. Es hätte auch nicht länger dauern dürfen, denn kaum waren alle von Jones' Leuten auf der *Serapis*, sank ihr alter Kahn.

AFRIKANISCHE PRISEN
Ein Engländer beklagte sich 1777 in einem Schreiben aus Grenada bitter darüber, dass amerikanische Kaperfahrer „einige tausend Gewichte Goldstaub" erbeutet hatten.

Reis

BESCHEIDENE BEUTE
Kaperer erbeuteten nicht immer Gold und Juwelen. Gekapertes Salz und Reis ernährten die amerikanischen Truppen, die britischen Feinde mußten hungern.

Salz

ELEFANTENZÄHNE
Aufgrund der Verluste während des Unabhängigkeitskriegs stieg die Versicherung für Schiffe, die ohne militärisches Geleit Richtung Amerika fuhren, auf das Sechsfache. Auch Elfenbein gehörte zur Beute der Kaperer.

UNBEWAFFNETER KAMPF
Die Brigg *Despatch* startete von Philadelphia aus ohne Waffen zur Kaperfahrt im Vertrauen darauf, auf See von einem englischen Schiff Waffen zu erbeuten. Erstaunlicherweise gelang das binnen weniger Tage und die *Despatch* segelte weiter nach Frankreich.

BÜSTE EINES PATRIOTEN
Der Schotte John Paul Jones (1747–1792) war sowohl Pirat als auch Kaperkapitän. Nach jahrelangem Sklavenhandel floh er aus der Karibik, um einem Mordanschlag zu entgehen. 1775 begann seine Karriere in der amerikanischen Kriegsmarine und in den nächsten sechs Jahren machten ihn seine mutigen Taten zum amerikanischen Nationalhelden. Doch politische Intrigen führten dazu, dass er 1792 als gebrochener Mann starb.

EISKALTER BLUFF
Jonathan Haraden (1745–1803) segelte einmal längsseits eines englischen Schiffs, ließ die blutrote Fahne hissen und forderte die Engländer auf, sich binnen fünf Minuten zu ergeben. Er selbst stand mit einer brennenden Kerze neben einer Kanone und wartete. Das Schiff ergab sich. In der Kanone aber steckte die einzige Kugel, die er noch hatte.

TOPPSEGELSCHONER
Amerikanische Kaperkapitäne, die sich eigens Schiffe bauen ließen, bevorzugten Toppsegelschoner wie diesen im Außenhafen von New Orleans. Diese kleinen, schnellen Schiffe hatten zwei Masten mit Gaffelsegeln. Durch Hissen eines Rahsegels oben am Fockmast ließ sich Wind von achtern besser ausnutzen.

KAPERFAHRERSTADT
Mit seinem natürlichen Hafen in der Chesapeake Bay wurde Baltimore ein Zentrum des Schiffsbaus. Einige der ersten Kaperschiffe im Unabhängigkeitskrieg starteten von hier aus – zuerst umgerüstete Handelsschiffe, später eigens zu dem Zweck gebaute Schoner.

ANGRIFFE IM GOLF
Die Lafittes überfielen vorwiegend spanische Schiffe im Golf von Mexiko. Sie waren im Besitz von Kaperbriefen (S.18) und betrachteten ihre Angriffe als rechtmäßig. Aber sie machten auch amerikanische Prisen und handelten von ihrem Stützpunkt in der Barataria-Bucht aus heimlich mit Sklaven.

JEAN LAFITTE
Der Pirat, Kaperfahrer, Sklavenhändler und Schmuggler Jean Lafitte (um 1780–um 1826) und sein Bruder Pierre waren um 1807 führende Köpfe der New Yorker Unterwelt. Lafitte wurde wegen Sklavenschmuggels geächtet, aber aufgrund seiner Verdienste bei der Verteidigung New Yorks 1812 begnadigt.

Chinesische Piraten

PIRATENDSCHUNKE
Die größten chinesischen Piratendschunken waren umgerüstete Handelsschiffe mit zehn bis 15 Kanonen. Die chinesische Marine kam nicht gegen sie an. So klagte Admiral Tsuen Mow Sun 1809: „Die Piraten sind zu mächtig, mit unseren Waffen können wir sie nicht schlagen..."

Die drei Masten tragen viereckige, mit Bambusleisten versteifte Segel.

Der Kapitän und seine Familie hatten Quartiere im Schiffsheck. Die Mannschaft wohnte beengt im Laderaum.

Die Meere und Wasserstraßen Chinas und Südostasiens waren ein Piratenparadies. Die Tatsache, dass man sich in kleinen Booten gut in den Mangrovesümpfen entlang der Küste verbergen konnte, machten sich Piraten seit etwa 400 n.Chr. zunutze. China und Japan mussten sich oft verbünden, um mit ihnen fertig zu werden. Als die Europäer im 16./17. Jahrhundert auch in Übersee Kolonien gründeten, fanden die Seeräuber neue Opfer. Piraten wie Ching Yih hatten über 500 Schiffe. Ching-Chi-ling hatte im 17. Jahrhundert das Kommando über eine Flotte von 1000 schwer bewaffneten Schiffen. Die Europäer gingen gegen diese mächtigen Piraten vor, bis sie sie 1860 unschädlich gemacht hatten.

FRISEURPIRAT
Der Barbier Chui Apoo aus Hongkong schloss sich 1845 dem Piraten Shap'n'gtzai an und wurde bald zum Leutnant ernannt.

DAS ENDE VOM LIED
Kanonenboote der britischen Marine zerstörten 1849 Chui Apoos Flotte im Rahmen einer Kampagne gegen Piratenführer Shap'n'gtzai.

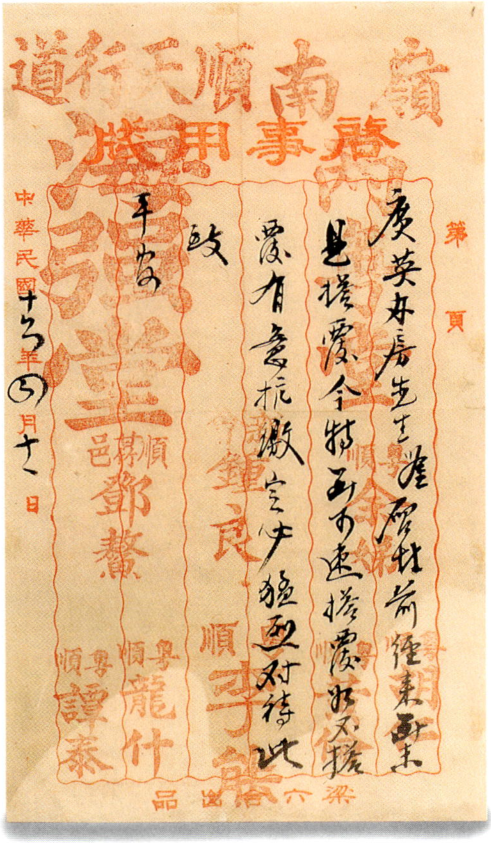

ZAHLEN ODER...
Chinesische Piraten des 19.Jh.s erpressten Geld von den Küstenstädten, indem sie drohten, die Stadt zu zerstören und die Bewohner als Sklaven zu verkaufen. In diesem Brief fordern Piraten Geld dafür, dass sie Schiffe unbeschadet passieren lassen.

Die Straße von Malakka, ein beliebtes Piratenrevier.

Die Bucht von Kanton war ab 1760 ein Piratenzentrum.

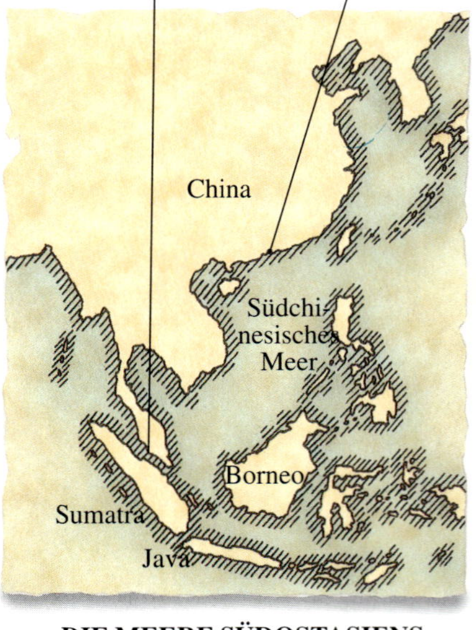

DIE MEERE SÜDOSTASIENS
Obwohl große Piratenorganisationen Südostasien beherrschten, gab es hier und da auch kleinere Verbände.

PIRATENFLAGGE
Die Flotten im Chinesischen Meer waren in Geschwader eingeteilt, von denen jedes seine eigene Flagge hatte: Die Flotte Ching Yihs hatte rote, gelbe, grüne, blaue, schwarze und weiße Flaggengruppen. Deren Fahnenträger stürmten voran, wenn die Piraten ein Schiff enterten. Diese kunstvolle Flagge zeigt die Himmelskönigin T'ien Hu, die Beschützerin der Seefahrer.

T'ien Hu war den Piraten wie auch deren Gegnern heilig.

Fledermäuse galten als Glücksbringer.

DER LETZTE POSTEN
1849 zerstörte die britische Marine die berüchtigtste chinesische Piratenflotte. In der Mündung des Haiphong/Nordvietnam fühlte sich Shap'n'gtzai sicher. Doch beim Gezeitenwechsel drehten sich die ankernden Piratendschunken, sodass ihre Kanonen aufeinander zeigten und nicht eingesetzt werden konnten.

Der Marinearzt Edward Cree stellte die Zerstörung von Shap'n'gtzais Flotte als Aquarell in seinem Tagebuch dar.

MIT BEIDEN HÄNDEN
Im Nahkampf führten die Chinesen mit beiden Händen ein langes, schweres Schwert. So konnte die Klinge selbst Metallrüstungen durchdringen. Die japanischen Piraten bevorzugten kleinere Schwerter: Sie kämpften mit einem in jeder Hand und konnten so die besten chinesischen Kämpfer schlagen.

Zur Abschreckung aufgespießter Seeräuberkopf

Strafen

Mit dem Tod durch den Strang wurden die Piraten bestraft, die für ihre Verbrechen verurteilt worden waren. Piraten machten Späße über Hinrichtungen, aber im Angesicht des Galgens war von solch forschem Auftreten nicht mehr viel übrig. Für die meisten Piraten waren allerdings die täglichen Gefahren auf See ein größeres Risiko als der Henker. Nur wenige wurden der Justiz überstellt, und selbst wer schuldig gesprochen wurde, wurde oft begnadigt. Kaperfahrern drohte bei Gefangennahme nur Haft. Außerdem hatten sie die Möglichkeit im Austausch gegen einen anderen Gefangenen freigelassen zu werden. Aber viele Kaperkapitäne fürchteten den Kerker, denn Gefängnisse waren Brutstätten von Krankheiten und viele überlebten die Haft nicht.

Die Galgen wurden gewöhnlich für jede Hinrichtung neu gezimmert.

Hanfseil

GALGENSTRICK
In England und den englischen Kolonien wurden die Piraten an der Niedrigwassermarke gehängt, wo sie bei Flut überspült wurden. Damit machte man deutlich, dass ihre Verbrechen der Rechtsprechung der britischen Admiralität oblagen. Die letzten Worte von Piraten wurden oft aufgezeichnet und zur Belustigung des Volkes veröffentlicht.

SCHWIMMENDE GEFÄNGNISSE
1776 führte England schwimmende Gefängnisse ein. Zuerst nahm man dafür nicht mehr seetüchtige Kriegsschiffe, die man in der Mündung der Themse vertäute. Später wurden eigens zu dem Zweck besondere Kerkerschiffe gebaut. Auf den Gefängniskähnen herrschten Feuchtigkeit und Krankheiten. Dorthin zu kommen war nach der Todesstrafe die schlimmste Strafe.

NUR GEGEN ENTGELT
Eine Einzelzelle wie diese wäre von einem Piraten als Luxusunterkunft angesehen worden. Gefängniszellen waren im 17./18.Jh. zum Bersten voll, und nur wer es sich leisten konnte, den Kerkermeister zu bestechen, konnte auf anständige Unterbringung hoffen. Gefangene mussten für Kerzen, Nahrung und sogar für das Recht, nah an das schwache Feuer zu rücken, zahlen.

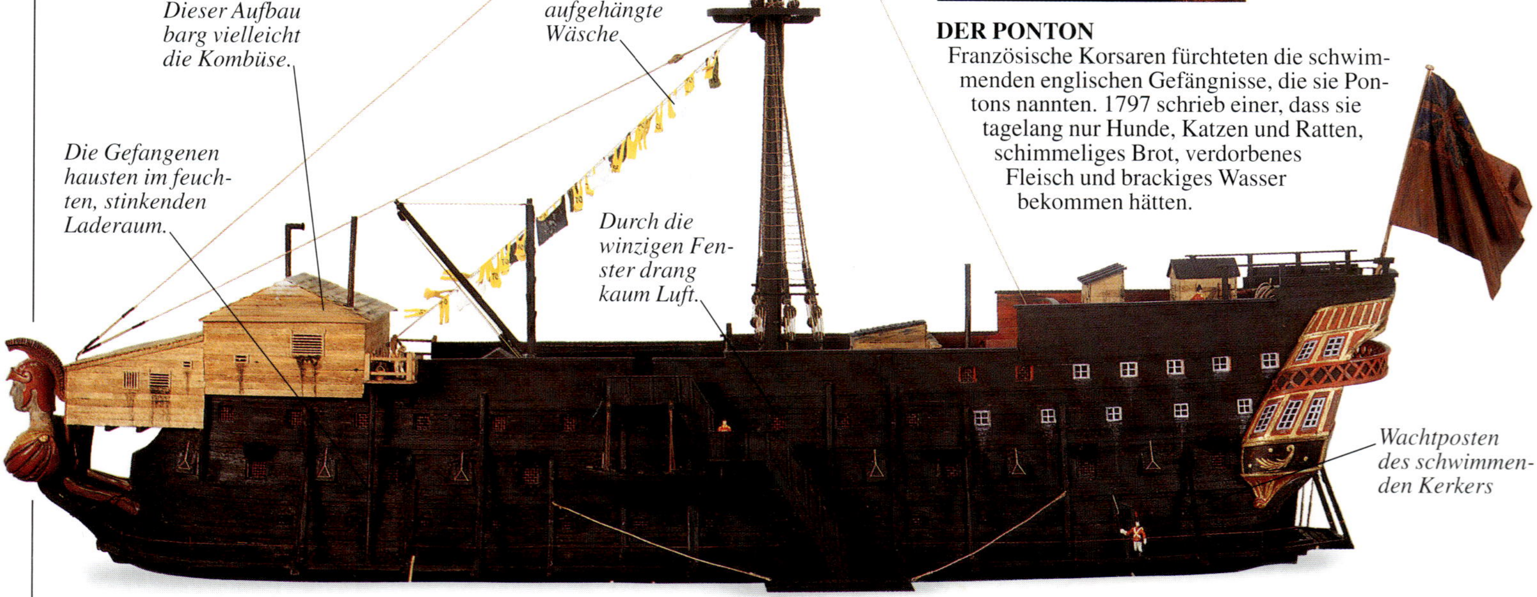

Dieser Aufbau barg vielleicht die Kombüse.

Zum Trocknen aufgehängte Wäsche

Die Gefangenen hausten im feuchten, stinkenden Laderaum.

Durch die winzigen Fenster drang kaum Luft.

Wachtposten des schwimmenden Kerkers

DER PONTON
Französische Korsaren fürchteten die schwimmenden englischen Gefängnisse, die sie Pontons nannten. 1797 schrieb einer, dass sie tagelang nur Hunde, Katzen und Ratten, schimmeliges Brot, verdorbenes Fleisch und brackiges Wasser bekommen hätten.

ENDSTATION GALGEN
Wie viele Hinrichtungen war auch die von Major Stede Bonnet 1718 ein öffentliches Ereignis. Die Leute von Charleston im Süden der USA drängten sich im Hafen. Bonnet hatte den Gouverneur vergeblich um Gnade ersucht.

Handschellen

KEIN ENTRINNEN
Piraten wurden oft in Ketten gelegt, damit sie nicht fliehen konnten. Vor seiner Verschiffung nach England verbrachte der unglückliche William Kidd den Winter 1699 in über 7 kg schweren Handschellen im Gefängnis von Boston.

Fußfesseln (Anfang 19.Jh.)

DIE HÖLLE
William Kidd wurde ein Jahr lang hinter dieser Tür im schmutzigen, überfüllten Kerker des Londoner Newgate-Gefängnisses festgehalten. Bei der Gerichtsverhandlung war er in so schlechter Verfassung, dass er sich nicht selbst verteidigen konnte.

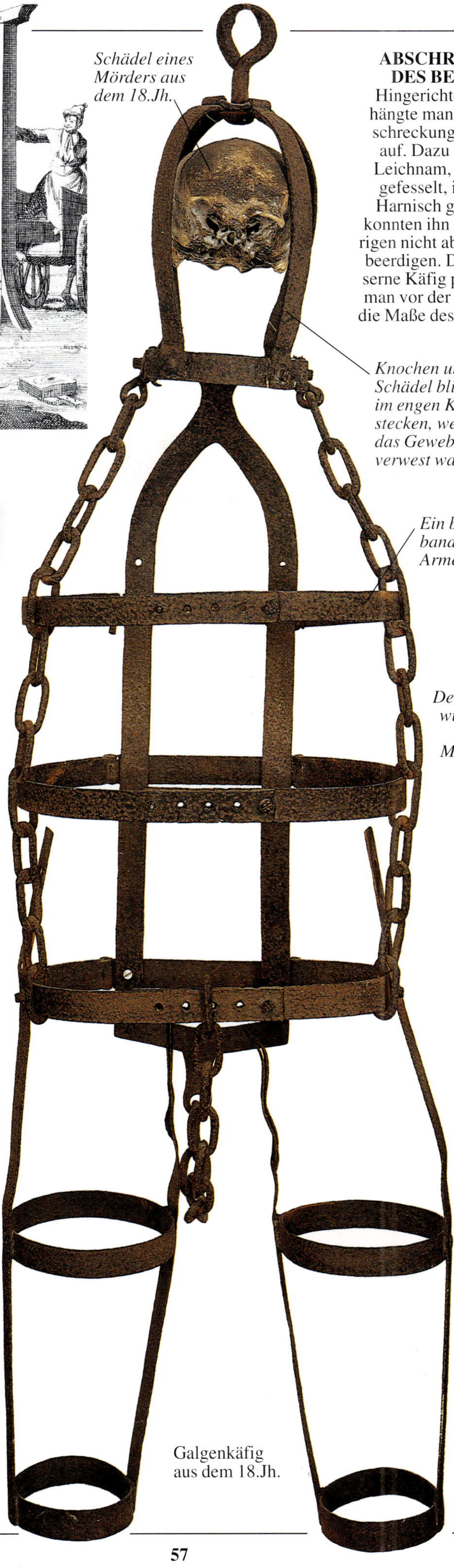

Schädel eines Mörders aus dem 18.Jh.

Knochen und Schädel blieben im engen Käfig stecken, wenn das Gewebe verwest war.

Ein breites Eisenband umschloss Arme und Brust.

Galgenkäfig aus dem 18.Jh.

ABSCHRECKENDES BEISPIEL
Hingerichtete Piraten hängte man oft zur Abschreckung an Galgen auf. Dazu wurde der Leichnam, mit Ketten gefesselt, in eine Art Harnisch gesteckt; so konnten ihn die Angehörigen nicht abnehmen und beerdigen. Damit der eiserne Käfig passte, nahm man vor der Hinrichtung die Maße des Verurteilten.

Der eiserne Käfig wurde von einem Schmied nach Maß angefertigt.

MAHNUNG
Die Hinrichtung von William Kidd (S.46) lockte 1701 viele Menschen zu den Londoner Docks. Nachdem das erste Seil gerissen war, wurde Kidd erst beim zweiten Versuch gehängt. Sein Körper wurde an einen Pfahl gekettet, bis Ebbe und Flut dreimal über ihn hinweggegangen waren. Danach wurde der Leichnam mit Teer bestrichen und in einem metallenen Harnisch an einem Galgen am Tilbury Point für jedermann sichtbar aufgehängt.

Das Ende der Piraterie

Im 19. Jahrhundert fanden organisierte Piraterie und Kaperwesen nach 5000 Jahren ihr Ende. Anfang des Jahrhunderts waren Piraten immer noch eine gefährliche Plage, obwohl die Kriegsflotten der großen Seemächte ihre Hilfe nicht länger benötigten. 1856 unterzeichneten daher die meisten Seemächte die Pariser Seerechtsdeklaration, in der völkerrechtliche Grundsätze des Seekriegsrechtes festgelegt wurden und u.a. die Kaperei (S.18) abgeschafft wurde. Auch neue technische Errungenschaften trugen zum Niedergang der Piraterie bei. Die britische und die US-Marine bauten Dampfschiffe, und Piraten, die sich weiter auf ihre Segelschiffe verließen, gingen den Dampfern leicht in die Falle. Um 1850 gab es nur noch wenige kleinere Piratenbanden.

KEIN SPASS
Die britische Marine ergriff strenge Maßnahmen gegen malayische und indonesische Piraten, die den Handel störten. Diese farbenprächtige Galionsfigur schmückte einst den Bug der *Harlequin*, einer Schaluppe der britischen Marine, die zur Piratenbekämpfung eingesetzt wurde. 1844 unternahmen die *Harlequin* und zwei weitere Schiffe eine Strafexpedition gegen Piraten in Nord-Sumatra. Als die Kapitäne diese nicht ausfindig machen konnten, ließen sie wahllos Häuser niederbrennen.

PIRATENKOPF
Blackbeards Haupt schaukelte am Bugspriet der *Pearl*.

SCHWARZBARTS LETZTER KAMPF
1718 erhielt Leutnant Maynard mit seinem Schiff *Pearl* den Auftrag Blackbeard (S.30–31) tot oder lebendig zu ergreifen. Als er ihn aufgespürt hatte, kam es zum legendären Duell. Wie Kapitän Johnson berichtet, kämpfte „Schwarzbart“ trotz 25 blutender Wunden wie ein Berserker, ehe es Maynard schließlich gelang, ihn mit der Pistole niederzustrecken.

MIT VOLLDAMPF AUF PIRATENJAGD
Die ersten Dampfschiffe hatten Masten und Segel, konnten aber auch durch Schaufelräder angetrieben werden. Zuerst glaubten die Piraten, es handele sich um brennende Segelschiffe. Ihr Erschrecken war groß, wenn ein Dampfschiff gegen den Wind direkt auf sie zufuhr (unmöglich bei einem Segelschiff) und sie gefangensetzte.

SPÜRHUND
Als das englische Schiff *Greyhound* östlich von Long Island zwei Schiffe sichtete, ahnte die Mannschaft nicht, mit welch gefährlichen Piraten sie es zu tun hatte. Die Schiffe gehörten dem berüchtigten Edward Low (S.30). Nach achtstündigem Gefecht siegte die *Greyhound*. Die Piraten wurden im Sommer 1723 der Justiz übergeben und 26 von ihnen wurden gehängt.

DIE SCHWALBE
Im 18.Jh. setzte die britische Marine als stärksten Piratenjäger ein Kriegsschiff ein, das selbst die besten Piratenschiffe versenken konnte. Die *Swallow* („Schwalbe") bedeutete für den berüchtigten Bartholomew Roberts (S.31) das Ende. Roberts ließ sich auf ein Seegefecht ein und erlitt eine tödliche Halsverletzung.

Bugansicht der *Swallow*

Aufgrund von Etatkürzungen der Marine ist das Schnitzwerk weniger kunstvoll als bei früheren Schiffen.

Gefangene Piraten wurden in Handschellen im Laderaum festgehalten.

BOMBEN FÜR DIE BARBARESKEN
Während der Napoleonischen Kriege (1796–1815) nahmen Korsaren aus den Barbareskenstaaten (S.14–15) ihre Angriffe wieder auf. 1816 bombardierten dann britische und holländische Schiffe Algier und zwangen den türkischen Bei Gefangene freizulassen und sich für Piratenübergriffe zu entschuldigen. 14 Jahre später besetzte Frankreich Algier.

STOLZE WORTE
Mit der Inschrift „Algier bombardiert, seine Flotte zerstört und die Christen von der Sklaverei befreit" wird auf dieser Goldmedaille das erfolgreiche Bombardement von Algier gepriesen.

Mit Feuer aus 50 Kanonen und einer gut ausgebildeten Crew besiegte die Swallow *problemlos die* Royal Fortune *von Roberts und seiner zerlumpten Schar.*

Eine Kartätsche aus einer dieser Stückpforten traf Roberts.

Seitenansicht der *Swallow*

Piraten in der Literatur

Kaum waren die Meere wieder sicher, da gerieten die Greueltaten der Seeräuber in Vergessenheit. Viele Schriftsteller machten aus den räuberischen Piraten Helden. Aber nicht alle Bücher verklären die Piraterie und das Piratenleben. Einige erzählen wahre Piratengeschichten mit schaurigen Details. In dem wohl bekanntesten Piratenroman, R. L. Stevensons *Die Schatzinsel* (1883), sind die Piraten heimtückische Schurken. Doch wie in vielen dieser Abenteuerromane steht auch hier die Suche nach einem vergrabenen Goldschatz im Mittelpunkt des Geschehens. So etwas ist spannend zu lesen, aber mit der Wirklichkeit hat es nicht viel zu tun.

KÄPITÄN FLINT
„Dublonen! Dublonen!" kreischt der Papagei von Long John Silver.

PIRATENMYTHOS
Der englische Dichter Lord Byron (1788–1824) romantisierte das Piratentum. Seine Verserzählung *Der Korsar* entstand, als die Gefahr durch die Piraten erst seit wenigen Jahren gebannt war. Byron rechtfertigt die Verbrechen seines Helden damit, dass dieser zwar wusste, dass er ein Schurke war, aber die anderen für nicht besser hielt.

ÜBER DIE AMERIKANISCHEN SEERÄUBER
Alexandre Exquemelin (1645–1707), ein Franzose, der sechs Jahre mit den Bukaniern durch die Karibik fuhr, veröffentlichte seine Erlebnisse 1678 in holländischer Sprache. Bis heute ist dieser Augenzeugenbericht die wichtigste Quelle über die Piraten der Karibik.

PIRAT MIT PAPAGEI
Mit Long John Silver schuf der Schotte Robert Louis Stevenson (1850–1894) einen Piraten, der seither viele Autoren inspiriert hat. Schnell gewinnt Silver das Vertrauen der Schatzsucher – nur um sie später zu betrügen.

AUF SCHATZSUCHE
In *Die Schatzinsel* geht Jim Hawkins an Bord der *Hispaniola*, um einen vergrabenen Piratenschatz zu heben. Zufällig belauscht er John Silver und Israel Hands, die das Schiff in ihre Gewalt bekommen und die Crew töten wollen.

GEHEIME ZEICHEN
In Stevensons Roman sind eine Inselkarte und geheime Zeichen der Schlüssel zum Schatz.

ÜBER DIE PLANKE INS NASSE GRAB
Der Bostoner Charles Ellms veröffentlichte 1837 *The Pirates' Own Book*, eine gelungene Mischung aus Dichtung und Wahrheit, die bald ein Bestseller wurde. Ellms beschrieb darin eine Strafe, die darin bestand, dass der Gefangene auf einer über die Bordwand ragenden Planke ins Meer getrieben wurde. Ob es das wirklich gab, ist nicht bekannt.

IN DER KLEMME
Der meuternde Bukanier Israel Hands ignorierte Jim Hawkins' Warnung, ihn zu töten, wenn er ihm zu nahe käme. Hands stürzte, von einer Ladung aus den Pistolen des Jungen getroffen, tot zu Boden. Stevenson gab dem von ihm erfundenen Schurken den Namen des ersten Maates von Pirat Blackbeard.

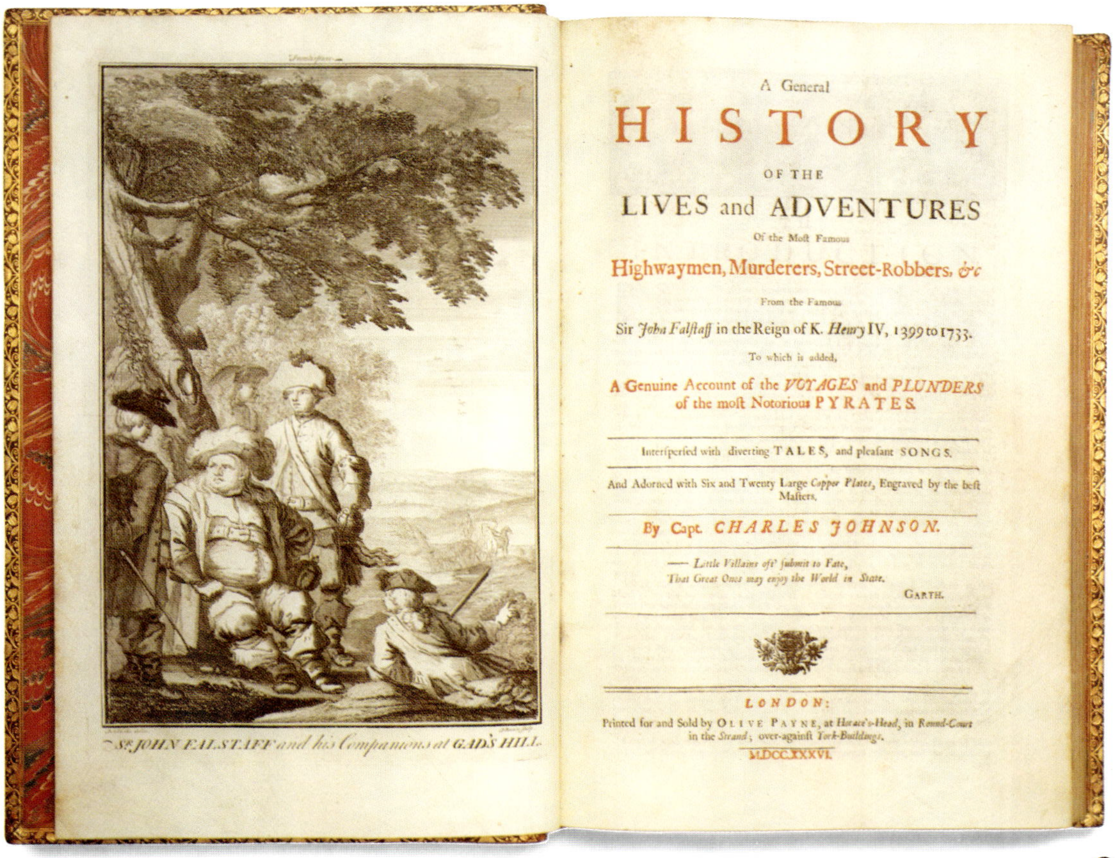

AUTOR UNBEKANNT
1724 erschien *Schauplatz der englischen See-Räuber, worinnen ihre Begebenheiten, Leben, Raubereyen und grausamen Thaten* (deutsche Übersetzung 1728). Es befasst sich eingehend mit Piraten wie Blackbeard, Bartholomew Roberts, Mary Read, Anne Bonny und anderen. Die wahre Identität des Autors, Kapitän Charles Johnson, ist bis heute nicht geklärt.

BUCHPIRATEN
Das Buch *Peter Pan* bezauberte Millionen Kinder. In der Geschichte, die auf einer Zauberinsel und einem Piratenschiff spielt, besiegt ein Junge, der nicht erwachsen wird, böse Piraten.

Peters „Verlorene Jungen" im tapferen Kampf gegen die stärkeren Piraten

PETER PAN
Peter Pans Gegenspieler Kapitän Hook („Haken") war „Blackbeards Bootsmann", dem der Autor J. M. Barrie Züge des Erzpiraten Edward Teach (S.30–31) gab, so z.B. die schwarzen Locken, die von weitem „schwarzen Kerzen" glichen.

Peter und Hook kämpften auf einem glitschigen Felsen um ihr Leben, aber nur Peter kämpfte fair.

Leinwand- und Theaterpiraten

THEATERPIRAT
Dieses Souvenirbildchen (19.Jh.) zeigt einen Schauspieler mit den üblichen Requisiten als Piraten Will Watch.

Piraten bieten Bühnenschriftstellern eine große Palette schillernder Charaktere – vom hartherzigen Schurken über den sorglosen Abenteurer bis hin zum romantischen Helden oder schuldlos Geächteten. Im Theater traten die ersten Piraten 1612 auf und auch Puppenbühnen nahmen sich ihrer an. Richtig populär aber wurden die verwegenen Gesellen erst durch Filme. Piratenfilme gibt es seit der Stummfilmära und viele sind bis heute Publikumserfolge, darunter die unterschiedlichen Verfilmungen von *Die Schatzinsel* und *Peter Pan* (S.60–61).

BÜHNENKLEIDUNG
Solch ordentlich gebügelte Kostüme trugen echte Seeräuber nie. Sie wechselten ihre Kleidung meist nur, wenn sie auf einem gekaperten Schiff neue erbeutet hatten.

Der Kopf der Handpuppe ist aus Holz geschnitzt.

Entermesser

PUPPENPARODIE
Bukaniergeschichten eigneten sich gut für das Puppentheater. Diese beiden Handpuppen aus dem 19.Jh. entsprechen dem Klischee von einem englischen und einem spanischen Piraten. Der einfach gekleidete englische Pirat trägt ein Entermesser, sein eleganter spanischer Gegenspieler ein Rapier.

Englischer Pirat als Handpuppe

HOOK
In Steven Spielbergs „Fortsetzung“ der Peter-Pan-Geschichte spielt Dustin Hoffman die Titelrolle.

IM KORSARENFIEBER
Anfang der 50er Jahre waren Piratenfilme sehr beliebt. So entstanden allein zwischen 1950 und 1953 neun Filme. Einer der besten war *Der rote Korsar* mit Burt Lancaster in der Hauptrolle (1952).

HAARIGER HUT
Als eine Explosion ihn vom Schiff schleuderte, klagte einer von Bartholomew Roberts' Leuten nicht über seine Verletzungen, sondern darüber, dass er seinen guten Hut verloren habe. Der war aber wohl kaum so prächtig wie dieser.

SCHÄRPE EINES SÄBELRASSLERS
Da im frühen Farbfilm Rot und Gelb besonders gut herauskamen, bevorzugte man Requisiten wie diese rote Schärpe. Auch brennende Schiffe waren sehr wirkungsvoll.

KRAFTPROBE
In *Die Piratenkönigin* wird die „wahre" Geschichte der Anne Bonny (S.33) erzählt. Doch der Versuchung die Geschichte umzuschreiben konnte man auch hier nicht widerstehen. Der Film zeigt Anne, gespielt von Jean Peters, als Gegenspielerin ihres „ehemaligen Chefs" Blackbeard. Dabei sind sich die beiden in Wirklichkeit nie begegnet.

Spanischer Pirat

Rapier

HELDENHAFT UND KÜHN
Unter Piratenflagge beruht auf einem Buch von Rafael Sabatini (1875–1950). Dieses Plakat der französischen Filmversion zeigt, wie die Filmindustrie den Piraten zu einem romantischen Helden machte.

FURCHTLOSER FLYNN
In *Herr der sieben Meere* (1940) ist Errol Flynn (1909–1959) wieder der strahlende Piratenheld, als der er durch *Unter Piratenflagge* bekannt geworden ist. Wie immer spielte Flynn alle gefährlichen Szenen selbst und verzichtete auf einen Stuntman.

Register

A

B

C

D

E

F, G

H–J

K

L

M, N

O, P

Q, R

S

T

V–Z

Bildnachweis

o = oben, u = unten, m = Mitte, l = links, r = rechts

Ancient Art and Architecture Collection 7oru, 9ol, 16ol; Bridgeman Art Library, London/British Museum 18ml;/Christies, London 53orü;/National Portrait Gallery 18ml, 18mr;/National Maritime Museum 38m; Cliché Musée de la Marine, Paris 19oru, 51uru; Corpus Christi College, Cambridge 12mu; Delaware Art Museum 49ol; E. T. Archive 21mr, 21ur, 22ur, 29ol, 39ul; Mary Evans Picture Library Schutzumschlag-Vorderseite ur, -Rückseite ur, 7or, 8ul, 12m, 13uro, 15olu, 18or, 20or, 26or, 35olu, 35m, 36m, 37or, 39ur, 39ol, 43mu, 47mr, 51om, 54or, 54oru, 56ml, 60ul; Kevin Fleming Photography 9ol; Ronald Grant Archive 6olu, 62ul, 63m, 63ol, 63ur, 63mr; Sonia Halliday Photographs 9oru; Michael Holford Schutzumschlag-Vorderseite ol, 44ol; Library of Congress 26m, 42ur; Mansell Collection 40oru, 40ul; Museum of London 56mro, 57ul; National Maritime Museum 6ol, 14ul, 14mr, 16m, 22ul, 23ol, 24ml, 25ur, 29ol, 29or, 29ml, 31or, 32ol, 32ul, 32ml, 33ur, 33rm, 33mu, 44ulo, 45om, 45um, 51or, 54or, 54oru, 58oru, 59m, 58ur; National Portrait Gallery, London 60ol; Peter Newark's Historical Pictures 15ur, 22ml, 53ur; Richard Platt 34ol; Range/Bettman 22or, 53mr, 52ur; Ulster Museum (mit freundlicher Genehmigung) 29mo; Victoria and Albert Museum (mit freundlicher Genehmigung)/ J. Stevenson 63l; Whydah Management Company 41m, 42ml; World's Edge Picture Library 22ol, 49ml; Zentralbibliothek Zürich 13ol